FRIEDRICH BARON DE LA MOTTE FOUQUÉ

UNDINE

Eine Erzählung

HAMBURGER LESEHEFTE VERLAG
HUSUM/NORDSEE

INHALT

ZUEIGNUNG

Undine, liebes Bildchen du,
Seit ich zuerst aus alten Kunden
Dein seltsam Leuchten aufgefunden,
Wie sangst du oft mein Herz in Ruh.

Wie schmiegtest du dich an mich lind
Und wolltest alle deine Klagen
Ganz sacht nur in das Ohr mir sagen,
Ein halb verwöhnt, halb scheues Kind!

Doch meine Zither tönte nach
Aus ihrer goldbezognen Pforte
Jedwedes deiner leisen Worte,
Bis fern man davon hört' und sprach.

Und manch ein Herz gewann dich lieb
Trotz deinem launisch dunklen Wesen,
Und viele mochten gerne lesen
Ein Büchlein, das von dir ich schrieb.

Heut wollen sie nun allzumal
Die Kunde wiederum vernehmen.
Darfst dich, Undinchen, gar nicht schämen,
Nein, tritt vertraulich in den Saal!

Grüß sittig jeden edlen Herrn,
Doch grüß vor allem mit Vertrauen
Die lieben, schönen deutschen Frauen;
Ich weiß, die haben dich recht gern.

Und fragt dann eine wohl nach mir,
So sprich: „Er ist ein treuer Ritter
Und dient den Frau'n mit Schwert und Zither.
Bei Tanz und Mahl, Fest und Turnier."

ERSTES KAPITEL

Wie der Ritter zu dem Fischer kam

Es mögen nun wohl schon viele hundert Jahre her sein, da gab es einmal einen alten, guten Fischer; der saß eines schönen Abends vor der Tür und flickte seine Netze. Er wohnte aber in einer überaus anmutigen Gegend. Der grüne Boden, worauf seine Hütte gebaut war, streckte sich weit in einen großen Landsee hinaus, und es schien ebenso wohl, die Erdzunge habe sich aus Liebe zu der bläulich-klaren, wunderhellen Flut in diese hineingedrängt, als auch, das Wasser habe mit verliebten Armen nach der schönen Aue gegriffen, nach ihren hoch schwankenden Gräsern und Blumen und nach dem erquicklichen Schatten ihrer Bäume. Eins ging bei dem andern zu Gaste, und eben deshalb war jegliches so schön. Von Menschen freilich war an dieser hübschen Stelle wenig oder gar nichts anzutreffen, den Fischer und seine Hausleute ausgenommen. Denn hinter der Erdzunge lag ein wilder Wald, den die meisten Leute wegen seiner Finsternis und Unwegsamkeit, wie auch wegen der wundersamen Kreaturen und Gaukeleien, die man darin antreffen sollte, allzu sehr scheuten, um sich ohne Not hineinzubegeben. Der alte fromme Fischer jedoch durchschritt ihn ohne Anfechtung zu vielen Malen, wenn er die köstlichen Fische, die er auf seiner schönen Landzunge fing, nach einer großen Stadt trug, welche nicht sehr weit hinter dem großen Walde lag. Es ward ihm wohl meistens deswegen so leicht, durch den Forst zu ziehen, weil er fast keine andern als fromme Gedanken hegte und noch außerdem jedes Mal, wenn er die verrufenen Schatten betrat, ein geistliches Lied aus heller Kehle und aufrichtigem Herzen anzustimmen gewohnt war.

Da er nun an diesem Abend ganz arglos bei den Netzen saß, kam ihn doch ein unversehener Schrecken an, als er es im Waldesdunkel rauschen hörte, wie Ross und Mann, und sich das Geräusch immer näher nach der Landzunge herauszog. Was er in manchen stürmischen Nächten von den Geheimnissen des Forstes geträumt hatte, zuckte ihm nun auf einmal durch den Sinn, vor allem das Bild eines riesenmäßig langen, schneeweißen Mannes, der unaufhörlich auf eine seltsame Art mit dem Kopfe nickte. Ja, als er die Augen nach dem Walde aufhob, kam es ihm ganz eigentlich vor, als sähe er durch das Laubgegitter den nickenden Mann hervorkommen. Er nahm sich aber bald zusammen, erwägend, wie ihm doch niemals in dem Walde selbst was Bedenkliches widerfahren sei, und also auf der freien Landzunge der böse Geist wohl noch minder Gewalt über ihn ausüben dürfte. Zugleich betete er recht kräftig einen biblischen Spruch laut aus dem Herzen heraus, wodurch ihm der kecke Mut auch zurückkam und er fast lachend sah, wie sehr er sich geirrt hatte. Der weiße, nickende Mann ward nämlich urplötzlich zu einem ihm längst wohl bekannten Bächlein, das schäumend aus dem Forste hervorrann und sich in den Landsee ergoss. Wer aber das Geräusch verursacht hatte, war ein schön geschmückter Ritter, der zu Ross durch den Baumschatten gegen die Hütte vorgeritten kam. Ein scharlachroter Mantel hing ihm über sein veilchenblaues, goldgesticktes Wams herab; von dem goldfarbigen Barette wallten rote und veilchenblaue Federn; am goldenen Wehrgehenke blitzte ein ausnehmend schönes und reich verziertes Schwert. Der weiße Hengst, der den Ritter trug, war schlankeren Baues, als man es sonst bei Streitrossen zu sehen gewohnt ist, und trat so leicht über den Rasen hin, dass dieser grünbunte Teppich auch nicht die mindeste Verletzung davon zu empfangen schien. Dem alten Fischer war es noch immer nicht ganz geheuer zumute, obwohl er einzusehen meinte, dass von einer so holden Erscheinung nichts Übles zu befürchten sei, weshalb er auch seinen Hut ganz sittig vor dem näher kommenden Herrn abzog und gelassen bei seinen Netzen verblieb. Da hielt der Ritter stille und fragte, ob er wohl mit seinem Pferde für diese Nacht hier Unterkommen und Pflege finden könne.

„Was Euer Pferd betrifft, lieber Herr“, entgegnete der Fischer, „so weiß ich ihm keinen besseren Stall anzuweisen, als diese beschattete Wiese, und kein besseres Futter, als das Gras, welches darauf wächst. Euch selbst aber will ich gerne in meinem kleinen Hause mit Abendbrot und Nachtlager bewirten, so gut es unsereins hat.“

Der Ritter war damit wohl zufrieden. Er stieg von seinem Rosse, welches die beiden gemeinschaftlich losgürteten und loszügelten, und ließ es alsdann auf den blumigen Anger hinlaufen, zu seinem Wirte sprechend:

„Hätt ich Euch auch minder gästlich und wohlmeinend gefunden, mein lieber, alter Fischer, Ihr wäret mich dennoch wohl für heute nicht wieder losgeworden; denn, wie ich sehe, liegt vor uns ein breiter See, und mit sinkendem Abend in den wunderlichen Wald zurückzureiten, davor bewahre mich der liebe Gott!“

„Wir wollen nicht allzu viel davon reden“, sagte der Fischer und führte seinen Gast in die Hütte.

Darinnen saß bei dem Herde, von welchem aus ein spärliches Feuer die dämmernde, reinliche Stube erhellte, auf einem großen

Stuhle des Fischers betagte Frau. Beim Eintritt des vornehmen Gastes stand sie freundlich grüßend auf, setzte sich aber an ihren Ehrenplatz wieder hin, ohne diesen dem Fremdling anzubieten, wobei der Fischer lächelnd sagte:

„Ihr müsst es ihr nicht verübeln, junger Herr, dass sie Euch den bequemsten Stuhl im Hause nicht abtritt; das ist so Sitte bei armen Leuten, dass der den Alten ganz ausschließlich gehört."

„Ei, Mann", sagte die Frau mit ruhigem Lächeln, „wo denkst du auch hin? Unser Gast wird doch zu den Christenmenschen gehören, und wie könnte es alsdann dem lieben jungen Blute einfallen, alte Leute von ihren Sitzen zu verjagen? – Setzt Euch, mein junger Herr", fuhr sie, gegen den Ritter gewandt, fort, „es steht dort noch ein recht artiges Sesselein, nur müsst Ihr nicht allzu ungestüm damit hin und her rutschen, denn das eine Bein ist nicht allzu fest mehr."

Der Ritter holte den Sessel achtsam herbei, ließ sich freundlich darauf nieder, und es war ihm zumute, als sei er mit diesem kleinen Haushalt verwandt und eben jetzt aus der Ferne dahin heimgekehrt.

Die drei guten Leute fingen an, höchst freundlich und vertraulich miteinander zu sprechen. Vom Walde, nach welchem sich der Ritter einige Male erkundigte, wollte der alte Mann freilich nicht viel wissen; am wenigsten, meinte er, passe sich das Reden davon jetzt in der einbrechenden Nacht; aber von ihrer Wirtschaft und sonstigem Treiben erzählten die beiden Eheleute desto mehr und hörten auch gerne zu, als ihnen der Rittersmann von seinen Reisen vorsprach, und dass er eine Burg an den Quellen der Donau habe und Herr Huldbrand von Ringstetten geheißen sei. Mitten durch das Gespräch hatte der Fremde schon bisweilen ein Plätschern am niedrigen Fensterlein vernommen, als spritze jemand Wasser dagegen.

Der Alte runzelte bei diesem Geräusche jedes Mal unzufrieden die Stirn; als aber endlich ein ganzer Guss gegen die Scheiben flog und durch den schlecht verwahrten Rahmen in die Stube hereinsprudelte, stand er unwillig auf und rief drohend nach dem Fenster hin:

„Undine! Wirst du endlich einmal die Kindereien lassen? Und ist noch obenhin heut ein fremder Herr bei uns in der Hütte."

Es ward auch draußen stille, nur ein leises Gekicher ließ sich noch vernehmen, und der Fischer sagte zurückkommend: „Das müsst Ihr nun schon ihr zugute halten, mein ehrenwerter Gast, und vielleicht noch manche Ungezogenheit mehr; aber sie meint es nicht böse. Es ist nämlich unsere Pflegetochter Undine, die sich das kindische Wesen gar nicht abgewöhnen will, obwohl sie gleich bereits in ihr achtzehntes Jahr gehen mag. Aber wie gesagt, im Grunde ist sie doch von ganzem Herzen gut." „Du kannst wohl sprechen!", entgegnete kopfschüttelnd die Alte. „Wenn du so vom Fischfang heimkommst oder von der Reise, da mag es mit ihren Schäkereien ganz was Artiges sein. Aber sie den ganzen Tag lang auf dem Halse haben und kein kluges Wort hören und, statt bei wachsendem Alter Hilfe im Haushalt zu finden, immer nur dafür sorgen müssen, dass uns ihre Torheiten nicht vollends zu Grunde richten – da ist es gar ein anderes, und die heilige Geduld selbst würd es am Ende satt."

„Nun, nun", lächelte der Hausherr, „du hast es mit Undinen, und ich mit dem See. Reißt mir der doch auch oftmals meine Dämme und Netze durch, aber ich hab ihn dennoch gern, und du mit allem Kreuz und Elend das zierliche Kindlein auch. Nicht wahr?" „Ganz böse kann man ihr eben nicht werden", sagte die Alte und lächelte beifällig.

Da flog die Türe auf, und ein wunderschönes Blondchen schlüpfte lachend herein und sagte:

„Ihr habt mich nur gefoppt, Vater; wo ist denn nur euer Gast?"

Im selben Augenblick aber ward sie auch den Ritter gewahr und blieb staunend vor dem schönen Jüngling stehen. Huldbrand ergötzte sich an der holden Gestalt und wollte sich die lieblichen Züge recht achtsam einprägen, weil er meinte, nur ihre Überraschung lasse ihm Zeit dazu, und sie werde sich bald nachher in zwiefacher Blödigkeit vor seinen Blicken abwenden. Es kam aber ganz anders. Denn als sie ihn nun recht lange angesehen hatte, trat sie zutraulich näher, kniete vor ihm nieder und sagte, mit einem goldenen Schaupfennige, den er an einer reichen Kette auf der Brust trug, spielend:

„Ei du schöner, du freundlicher Gast, wie bist du denn endlich in unsre arme Hütte gekommen? Musstest du denn jahrelang in der Welt herumstreifen, bevor du dich auch einmal zu uns fandest? Kommst du aus dem wüsten Walde, du schöner Freund?"

Die scheltende Alte ließ ihm zur Antwort keine Zeit. Sie ermahnte das Mädchen, fein sittig aufzustehen und sich an seine Arbeit zu begeben. Undine aber zog, ohne zu antworten, eine kleine Fußbank neben Huldbrands Stuhl, setzte sich mit ihrem Gewebe darauf nieder und sagte freundlich: „Hier will ich arbeiten."

Der alte Mann tat, wie Eltern mit verzogenen Kindern zu tun pflegen. Er stellte sich, als merke er von Undinens Unart nichts und wollte von etwas anderem anfangen. Aber das Mädchen ließ ihn nicht dazu. Sie sagte: „Woher unser holder Gast kommt, habe ich ihn gefragt, und er hat noch nicht geantwortet."

„Aus dem Walde komme ich, du schönes Bildchen", entgegnete Huldbrand; und sie sprach weiter:

„So musst du mir erzählen, wie du da hineinkamst, denn die Menschen scheuen ihn sonst, und was für wunderliche Abenteuer du darinnen erlebt hast, weil es ohne dergleichen dort nicht abgehen soll."

Huldbrand empfing einen kleinen Schauer bei dieser Erinnerung und blickte unwillkürlich nach dem Fenster, weil es ihm zu Mute war, als müsse eine von den seltsamen Gestalten, die ihm im Forste begegnet waren, von dort hereingrinsen. Er sah nichts als die tiefe, schwarze Nacht, die nun bereits draußen vor den Scheiben lag. Da nahm er sich zusammen und wollte eben seine Geschichte anfangen, als ihn der Alte mit den Worten unterbrach: „Nicht also, Herr Ritter! Zu dergleichen ist jetzt keine gute Zeit."

Undine aber sprang zornmütig von ihrem Bänkchen auf, setzte die schönen Arme in die Seiten und rief, sich dicht vor den Fischer hinstellend: „Er soll nicht erzählen, Vater? Er soll nicht? Ich will's aber; er soll, er soll doch!"

Und damit trat das zierliche Füßchen heftig gegen den Boden, aber das alles mit solch einem drollig anmutigem Anstande, dass Huldbrand jetzt in ihrem Zorn fast weniger noch die Augen von ihr wegbringen konnte, als vorher in ihrer Freundlichkeit. Bei dem Alten hingegen brach der zurückgehaltene Unwille in vollen Flammen aus. Er schalt heftig auf Undinens Ungehorsam und unsittiges Betragen gegen den Fremden, und die gute alte Frau stimmte mit ein. Da sagte Undine: „Wenn ihr zanken wollt und nicht tun, was ich haben will, so schlaft allein in eurer alten, räuchrigen Hütte!" Und wie ein Pfeil war sie aus der Tür und flüchtigen Laufes in die finstere Nacht hinaus.

ZWEITES KAPITEL

Auf welche Weise Undine zu dem Fischer gekommen war

Huldbrand und der Fischer sprangen von ihren Sitzen und wollten dem zürnenden Mädchen nach. Ehe sie aber in die Hüttentür gelangten, war Undine schon lange in dem wolkigen Dunkel draußen verschwunden, und kein Geräusch ihrer leichten Füße verriet, wohin sie ihren Lauf wohl gerichtet haben könne. Huldbrand sah fragend nach seinem Wirte; fast kam es ihm vor, als sei die ganze liebliche Erscheinung, die so schnell in die Nacht wieder untergetaucht war, nichts anderes gewesen als eine Fortsetzung der wunderlichen Gebilde, die früher im Forste ihr loses Spiel mit ihm getrieben hatten; aber der alte Mann murmelte in seinen Bart: „Es ist nicht das erste Mal, dass sie es uns also macht. Nun hat man die Angst auf dem Herzen und den Schlaf aus den Augen für die ganze Nacht; denn wer weiß, ob sie nicht dennoch einmal Schaden nimmt, wenn sie so draußen im Dunkel allein ist bis an das Morgenrot."

„So lasst uns ihr doch nach, Vater, um Gott!", rief Huldbrand ängstlich aus.

Der Alte erwiderte: „Wozu das? Es wär ein sündlich Werk, ließ ich Euch in Nacht und Einsamkeit dem törichten Mädchen so ganz allein folgen, und meine alten Beine holen den Springinsfeld nicht ein, wenn man auch wüsste, wohin sie gerannt ist."

„Nun müssen wir ihr doch nachrufen mindestens und sie bitten, dass sie wiederkehrt", sagte Huldbrand und begann auf das beweglichste zu rufen: „Undine, ach Undine! Komm doch zurück!"

Der Alte wiegte sein Haupt hin und her, sprechend, all das Geschrei helfe am Ende zu nichts; der Ritter wisse noch nicht, wie trotzig die Kleine sei. Dabei aber konnte er es doch nicht unterlassen, öfters mit in die finstere Nacht hinauszurufen: „Undine, ach liebe Undine! Ich bitte dich, komme doch nur dies eine Mal zurück."

Es ging indessen, wie es der Fischer gesagt hatte. Keine Undine ließ sich hören oder sehen, und weil der Alte durchaus nicht zugeben wollte, dass Huldbrand der Entflohenen nachspüre, mussten sie endlich beide wieder in die Hütte gehen. Hier fanden sie das Feuer des Herdes beinahe erloschen, und die Hausfrau, die sich Undinens Flucht und Gefahr bei weitem nicht so zu Herzen nahm als ihr Mann, war bereits zur Ruhe gegangen. Der Alte hauchte die Kohlen wieder an, legte trockenes Holz darauf und suchte bei der wieder auflodernden Flamme einen Krug mit Wein hervor, den er zwischen sich und seinen Gast stellte.

„Euch ist auch Angst wegen des dummen Mädchens, Herr Ritter", sagte er, „und wir wollen lieber einen Teil der Nacht verplaudern und vertrinken, als uns auf den Schilfmatten vergebens nach dem Schlafe herumwälzen. Nicht wahr?"

Huldbrand war gern damit zufrieden, der Fischer nötigte ihn auf den ledigen Ehrenplatz der schlafen gegangenen Hausfrau, und beide sprachen und tranken miteinander, wie es zwei wackeren und zutraulichen Männern geziemt. Freilich, sooft sich vor den Fenstern das Geringste regte, oder auch bisweilen, wenn sich gar nichts regte, sah einer von den beiden in die Höhe, sprechend: „Sie kommt!“ Dann wurden sie ein paar Augenblicke still und fuhren nachher, da nichts erschien, kopfschüttelnd und seufzend in ihren Reden fort.

Weil aber nun beide an fast gar nichts anderes zu denken vermochten als an Undinen, so wussten sie auch nichts Besseres, als der Ritter, zu hören, welchergestalt Undine zu dem alten Fischer gekommen sei – der alte Fischer, eben diese Geschichte zu erzählen. Deshalb hub er folgendermaßen an:

„Es sind nun wohl fünfzehn Jahre vergangen, da zog ich einmal durch den wüsten Wald mit meiner Ware nach der Stadt. Meine Frau war daheim geblieben, wie gewöhnlich, und solches zu der Zeit auch noch um einer gar hübschen Ursache willen; denn Gott hatte uns in unserem damals schon ziemlich hohen Alter ein wunderschönes Kindlein beschert. Es war ein Mägdelein, und die Rede ging bereits unter uns, ob wir nicht dem neuen Ankömmling zu Frommen unsere schöne Landzunge verlassen wollten, um die liebe Himmelsgabe künftig an bewohnbaren Orten besser aufzuziehen. Es ist freilich bei armen Leuten nicht so damit, wie Ihr es meinen mögt, Herr Ritter; aber, lieber Gott! Jedermann muss doch einmal tun, was er vermag. – Nun, mir ging unterwegs die Geschichte ziemlich im Kopfe herum. Diese Landzunge war mir so im Herzen lieb, und ich fuhr ordentlich zusammen, wenn ich unter dem Lärm und Gezänke in der Stadt bei mir selbst denken musste: In solcher Wirtschaft nimmst auch du nun mit nächstem deinen Wohnsitz oder doch in einer nicht viel stilleren! Dabei aber hab ich nicht gegen unseren lieben Herrgott gemurrt, vielmehr ihm im Stillen für das Neugeborene gedankt; ich müsste auch lügen, wenn ich sagen wollte, mir wäre auf dem Hin- oder Rückwege durch den Wald irgendetwas Bedenklicheres aufgestoßen als sonst, wie ich denn nie etwas Unheimliches dort gesehen habe. Der Herr war immer mit mir in den verwunderlichen Schatten.“

Da zog er sein Mützchen von dem kahlen Schädel und blieb eine Zeit lang in betenden Gedanken sitzen. Dann bedeckte er sich wieder und sprach fort:

„Diesseits des Waldes, ach diesseits, da zog mir das Elend entgegen. Meine Frau kam gegangen mit strömenden Augen wie zwei Bäche; sie hatte Trauerkleidung angelegt. – O lieber Gott, ächzte ich, wo ist unser liebes Kind? Sag an! – Bei dem, den du rufest, lieber Mann, entgegnete sie, und wir gingen nun still weinend miteinander in die Hütte. Ich suchte nach der kleinen Leiche; da erfuhr ich erst, wie alles gekommen war. Am Seeufer hatte meine Frau mit dem Kinde gesessen, und wie sie so recht sorglos und selig mit ihm spielt, bückt sich die Kleine auf einmal vor, als sehe sie etwas ganz Wunderschönes im Wasser; meine Frau sieht sie noch lachen, den lieben Engel, und mit den Händchen greifen; aber im Augenblick schießt sie ihr durch die rasche Bewegung aus den Armen und in den feuchten Spiegel hinunter. Ich habe viel gesucht nach der kleinen Toten; es führte zu nichts; auch keine Spur von ihr war zu finden. Nun, wir verwaisten Eltern saßen denn noch selbigen Abends still beisammen in der Hütte; zu reden hatte keiner Lust von uns, wenn man es auch gekonnt hätte vor Tränen. Wir sahen so in das Feuer des Herdes hinein. Da raschelt was draußen an der Tür; sie springt auf, und ein wunderschönes Mägdelein von etwa drei, vier Jahren steht reich geputzt auf der Schwelle und lächelt uns an. Wir blieben ganz stumm vor Erstaunen, und ich wusste erst nicht: war es ein ordentlicher kleiner Mensch oder war es bloß ein gaukelhaftes Bildnis. Da sah ich aber das Wasser von den goldenen Haaren und den reichen Kleidern herabtröpfeln und merkte nun wohl, das schöne Kindlein habe im Wasser gelegen und Hilfe tue ihm Not. Frau, sagte ich, uns hat niemand unser liebes Kind erretten können; wir wollen doch wenigstens an anderen Leuten tun, was uns selig auf Erden machen würde, vermöchte es jemand an uns zu tun.

Wir zogen die Kleine aus, brachten sie zu Bett und reichten ihr wärmende Getränke, wobei sie kein Wort sprach und uns bloß aus den beiden Augenhimmeln immerfort lächelnd anstarrte.

Des anderen Morgens ließ sich wohl annehmen, dass sie keinen weiteren Schaden genommen hatte, und ich fragte nun nach ihren Eltern und wie sie hierher gekommen sei. Das aber gab eine verworrene, wundersame Geschichte. Von weit her muss sie wohl gebürtig sein, denn nicht nur, dass ich diese fünfzehn Jahre her nichts von ihrer Herkunft erforschen konnte, so sprach und spricht sie auch bisweilen so absonderliche Dinge, dass unsereins nicht weiß, ob sie am Ende nicht gar vom Monde herunter gekommen sein könne. Da ist die Rede von goldenen Schlössern, von kristallenen Dächern und Gott weiß, wovon noch mehr. Was sie am deutlichsten erzählte, war, sie sei mit ihrer Mutter auf dem großen See spazieren gefahren, aus der Barke ins Wasser gefallen und habe ihre Sinne erst hier unter den Bäumen wieder gefunden, wo ihr an dem lustigen Ufer recht behaglich zumute geworden sei.

Nun hatten wir noch eine große Bedenklichkeit und Sorge auf dem Herzen. Dass wir an der lieben Ertrunkenen Stelle die Gefundene behalten und aufziehen wollten, war freilich sehr bald ausgemacht; aber wer konnte nun wissen, ob das Kind getauft ist oder nicht? Sie selber wusste darüber keine Auskunft zu geben. Dass sie eine Kreatur sei, zu Gottes Preis und Freude geschaffen, wisse sie wohl, antwortete sie uns meistens, und was zu Gottes Preis und Freude gereiche, sei sie auch bereit, mit sich vornehmen zu lassen. – Meine Frau und ich dachten so: Ist sie nicht getauft, so gibts da nichts zu zögern; ist sie es aber doch, so kann bei guten Dingen zu wenig eher schaden als zu viel. Und demzufolge sannen wir auf einen guten Namen für das Kind, das wir ohnehin noch nicht ordentlich zu rufen wussten. Wir meinten endlich, Dorothea werde sich am besten für sie schicken, weil ich einmal gehört hatte, das heißt Gottesgabe, und sie uns doch von Gott als eine Gabe zugesandt war, als ein Trost in unserm Elend. Sie hingegen wollte nichts davon hören und meinte, Undine sei sie von ihren Eltern genannt worden. Undine wollte sie auch ferner heißen. Nun kam mir das wie ein heidnischer Name vor, der in keinem Kalender stehe, und ich holte mir deshalb Rat bei einem Priester in der Stadt. Der wollte auch nichts von dem Undinen-Namen hören und kam auf mein vieles Bitten mit mir durch den wunderlichen Wald zur Vollziehung der Taufhandlung hier herein in meine Hütte. Die Kleine stand so hübsch geschmückt und holdselig vor uns, dass dem Priester alsbald sein ganzes Herz vor ihr aufging, und sie wusste ihm so artig zu schmeicheln und mitunter so drollig zu trotzen, dass er sich endlich auf keinen der Gründe, die er gegen den Namen Undine vorrätig gehabt hatte, mehr besinnen konnte. Sie ward denn also Undine getauft und betrug sich während der heiligen Handlung außerordentlich sittig und anmutig, so wild und unstet sie auch übrigens immer war. Denn darin hat meine Frau ganz Recht; was Tüchtiges haben wir mit ihr auszustehen gehabt. Wenn ich Euch erzählen sollte ...“

Der Ritter unterbrach den Fischer, um ihn auf ein Geräusch wie von gewaltig rauschenden Wasserfluten aufmerksam zu machen, das er schon früher zwischen den Reden des Alten vernommen hatte und das nun mit wachsendem Ungestüm vor den Hüttenfenstern dahinströmte. Beide sprangen nach der Tür. Da sahen sie draußen im jetzt aufgegangenen Mondlicht den Bach, der aus dem Walde hervorrann, wild über seine Ufer hinausgerissen und Steine und Holzstämme in reißenden Wirbeln mit sich fortschleudern. Der Sturm brach, wie von dem Getöse erweckt, aus den mächtigen Gewölken, diese pfeilschnell über den Mond hinjagend, hervor; der See heulte unter des Windes schlagenden Fittichen, die Bäume der Landzunge ächzten von Wurzel zu Wipfel hinauf und beugten sich wie schwindelnd über die reißenden Gewässer.

„Undine! Um Gottes willen, Undine!“, riefen die zwei geängstigten Männer. Keine Antwort kam ihnen zurück, und achtlos nun jeglicher anderen Erwägung, rannten sie, suchend und rufend, einer hier-, der andere dorthin aus der Hütte fort.

DRITTES KAPITEL

Wie sie Undinen wiederfanden

Dem Huldbrand ward es immer ängstlicher und verworrener zu Sinn, je länger er unter den nächtlichen Schatten suchte, ohne zu finden. Der Gedanke, Undine sei nur eine bloße Walderscheinung gewesen, bekam aufs Neue Macht über ihn, ja, er hätte unter dem Geheul der Wellen und Stürme, dem Krachen der Bäume, der gänzlichen Umgestaltung der kaum noch so still anmutigen Gegend die ganze Landzunge samt der Hütte und ihren Bewohnern fast für eine trügerisch neckende Einbildung gehalten; aber von fern hörte er doch immer noch des Fischers ängstliches Rufen nach Undinen, der alten Hausfrau lautes Beten und Singen durch das Gebraus. Da kam er endlich dicht an des übergetretenen Baches Rand und sah im Mondenlicht, wie dieser seinen ungezähmten Lauf gerade vor den unheimlichen Wald hin genommen hatte, sodass er nun die Erdspitze zur Insel machte.

O lieber Gott, dachte er bei sich selbst, wenn es Undine gewagt hätte, ein paar Schritte in den fürchterlichen Forst hineinzutun, vielleicht eben in ihrem anmutigen Eigensinn, weil ich ihr nichts davon erzählen sollte, und nun wäre der Strom dazwischengerollt, und sie weinte nun einsam drüben bei den Gespenstern! Ein Schrei des Entsetzens entfuhr ihm, und er klomm einige Steine und umgestürzte Fichtenstämme hinab, um in den reißenden Strom zu treten und watend oder schwimmend die Verirrte drüben zu suchen. Es fiel ihm zwar alles Grauenvolle und Wunderliche ein, was ihm schon bei Tage unter den jetzt rauschenden und heulenden Zweigen begegnet war; vorzüglich kam es ihm vor, als stehe ein langer, weißer Mann, den er nur allzu gut kannte, grinsend und nickend am jenseitigen Ufer; aber eben diese ungeheuren Bilder rissen ihn gewaltig nach sich hin, weil er bedachte, dass Undine in Todesängsten unter ihnen sei, und allein.

Schon hatte er einen starken Fichtenast ergriffen und stand, auf diesen gestützt, in den wirbelnden Fluten, gegen die er sich kaum aufrecht zu erhalten vermochte; aber er schritt getrosten Mutes tiefer hinein. Da rief es neben ihm mit anmutiger Stimme: „Trau nicht, trau nicht! Er ist tückisch, der Alte, der Strom!“ Er kannte diese lieblichen Laute, er stand wie betört unter den Schatten, die sich eben dunkel über den Mond gelegt hatten, und ihn schwindelte vor dem Gerolle der Wogen, die er pfeilschnell an seinen Schenkeln hinschießen sah. Dennoch wollte er nicht ablassen.

„Bist du nicht wirklich da, gaukelst du nur neblicht um mich her, so mag auch ich nicht leben und will ein Schatten werden, wie du, du liebe, liebe Undine!“ Dies rief er laut und schritt wieder tiefer in den Strom.

„Sieh dich doch um, ei sieh dich doch um, du schöner, betörter Jüngling!“, so rief es abermals dicht bei ihm, und seitwärts blickend sah er im eben sich wieder enthüllenden Mondlicht unter den Zweigen hoch verschlungener Bäume auf einer durch die Überschwemmung gebildeten kleinen Insel Undinen lächelnd und lieblich in die blühenden Gräser hingeschmiegt.

O wie viel freudiger brauchte nun der junge Mann seinen Fichtenast zum Stabe als vorhin! Mit wenigen Schritten war er durch die Flut, die zwischen ihm und dem Mägdlein hinstürmte, und neben ihr stand er auf der kleinen Rasenstelle, heimlich und sicher von den uralten Bäumen überrauscht und beschirmt. Undine hatte sich etwas emporgerichtet und schlang nun in dem grünen Laubgezelte ihre Arme um seinen Nacken, sodass sie ihn auf ihren weichen Sitz neben sich niederzog. „Hier sollst du mir erzählen, hübscher Freund“, sagte sie leise flüsternd, „hier hören uns die grämlichen Alten nicht. Und so viel als ihre ärmliche Hütte ist doch hier unser Blätterdach wohl noch immer wert.“ „Es ist der Himmel!“, sagte Huldbrand und umschlang inbrünstig küssend die schmeichelnde Schöne.

Da war unterdessen der alte Fischer an das Ufer des Stromes gekommen und rief zu den beiden jungen Leuten herüber: „Ei, Herr Ritter, ich habe Euch aufgenommen, wie es ein biederherziger Mann dem andern zu tun pflegt, und nun kost Ihr mit meinem Pflegekinde so heimlich und lasst mich noch obendrein in der Angst nach ihr durch die Nacht umherlaufen.“

„Ich habe sie selbst erst eben jetzt gefunden, alter Vater“, rief ihm der Ritter zurück.“ „Desto besser“, sagte der Fischer, „aber nun bringt sie mir auch ohne Verzögern an das feste Land herüber.“

Davon aber wollte Undine wieder gar nichts hören. Sie meinte, eher wolle sie mit dem schönen Fremden in den wilden Forst vollends hinein, als wieder in die Hütte zurück, wo man ihr nicht ihren Willen tue und aus welcher der hübsche Ritter doch über kurz oder lang scheiden werde. Mit unsäglicher Anmut sang sie, Huldbranden umschlingend:

Aus dunst'gem Tal die Welle,
Sie rann und sucht ihr Glück;
Sie kam ins Meer zur Stelle
Und rinnt nicht mehr zurück.

Der alte Fischer weinte bitterlich in ihr Lied, aber es schien sie nicht sonderlich zu rühren. Sie küsste und streichelte ihren Liebling, der endlich zu ihr sagte: „Undine, wenn dir des alten Mannes Jammer das Herz nicht trifft, so trifft er's mir. Wir wollen zurück zu ihm!" Verwundert schlug sie die großen, blauen Augen gegen ihn auf und sprach endlich langsam und zögernd: „Wenn du es so meinst – gut; mir ist alles recht, was du willst. Aber versprechen muss mir erst der alte Mann da drüben, dass er dich ohne Widerrede will erzählen lassen, was du im Walde gesehen hast, und – nun, das andere findet sich wohl."

„Komm nur, komm!", rief der Fischer ihr zu, ohne mehr Worte herausbringen zu können. Zugleich streckte er seine Arme weit über die Flut ihr entgegen und nickte mit dem Kopfe, um ihr die Erfüllung ihrer Forderung zuzusagen, wobei ihm die weißen Haare seltsam über das Gesicht herüberfielen, und Huldbrand an den nickenden weißen Mann im Forste denken musste.

Ohne sich aber durch irgendetwas irremachen zu lassen, fasste der junge Rittersmann das schöne Mädchen in seine Arme und trug sie über den kleinen Raum, welchen der Strom zwischen ihrem Inselchen und dem festen Ufer durchbrauste. Der Alte fiel um Undinens Hals und konnte sich gar nicht satt freuen und küssen; auch die alte Frau kam herbei und schmeichelte der Wiedergefundenen auf das Herzlichste. Von Vorwürfen war gar nicht die Rede mehr, umso minder, da auch Undine, ihres Trotzes vergessend, die beiden Pflegeeltern mit anmutigen Worten und Liebkosungen fast überschüttete.

Als man endlich nach der Freude des Wiederhabens sich recht besann, blickte schon das Morgenrot leuchtend über den Landsee herein; der Sturm war stille geworden; die Vöglein sangen lustig auf den genässten Zweigen. Weil nun Undine auf Erzählung der verheißenen Geschichte des Ritters bestand, fügten sich die beiden Alten lächelnd und willig in ihr Begehr. Man brachte ein Frühstück unter die Bäume, welche hinter der Hütte gegen den See zu standen, und setzte sich, von Herzen vergnügt, dabei nieder – Undine, weil sie es durchaus nicht anders haben wollte, zu den Füßen des Ritters ins Gras. Hierauf begann Huldbrand folgendermaßen zu sprechen.

VIERTES KAPITEL

Von dem, was dem Ritter im Walde begegnet war

„Es mögen nun etwa acht Tage her sein, da ritt ich in die freie Reichsstadt ein, welche dort jenseits des Forstes gelegen ist. Bald darauf gab es darin ein schönes Turnieren und Ringelrennen, und ich schonte meinen Gaul und meine Lanze nicht. Als ich nun einmal an den Schranken stillhalte, um von der lustigen Arbeit zu rasten und den Helm an einen meiner Knappen zurückreiche, fällt mir ein wunderschönes Frauenbild in die Augen, das im allerherrlichsten Schmuck auf einem der Altane stand und zusah. Ich fragte meinen Nachbar und erfuhr, die reizende Jungfrau heiße Bertalda und sei die Pflegetochter eines der mächtigen Herzöge, die in dieser Gegend wohnen. Ich merkte, dass sie auch mich ansah, und wie es bei uns jungen Rittern zu kommen pflegt: hatte ich erst brav geritten, so ging es nun noch ganz anders los! Den Abend beim Tanze war ich Bertaldas Gefährte, und das blieb so alle Tage des Festes hindurch."

Ein empfindlicher Schmerz an seiner linken herunterhängenden Hand unterbrach hier Huldbrands Rede und zog seine Blicke nach der schmerzenden Stelle. Undine hatte ihre Perlenzähne scharf in seine Finger gesetzt und sah dabei recht finster und unwillig aus. Plötzlich aber schaute sie ihm freundlich-wehmütig in die Augen und flüsterte ganz leise: „Ihr macht es auch danach." Dann verhüllte sie ihr Gesicht, und der Ritter fuhr seltsam verwirrt und nachdenklich in seiner Geschichte fort:

„Es ist eine hochmütige, wunderliche Maid, diese Bertalda. Sie gefiel mir auch am zweiten Tage schon lange nicht mehr wie am ersten, und am dritten noch minder. Aber ich blieb um sie, weil sie freundlicher gegen mich war als gegen andere Ritter, und so kam es auch, dass ich sie im Scherz um einen ihrer Handschuhe bat. – Wenn Ihr mir Nachricht bringt, und Ihr ganz allein, sagte sie, wie es im berüchtigten Forste aussieht. – Mir lag eben nicht so viel an ihrem Handschuh, aber gesprochen war gesprochen, und ein ehrlicher Rittersmann lässt sich zu solchem Probestücke nicht zweimal mahnen."

„Ich denke, sie hatte Euch lieb?", unterbrach ihn Undine.

„Es sah so aus“, entgegnete Huldbrand.

„Nun“, rief das Mädchen lachend, „die muss recht dumm sein. Von sich zu jagen, was einem lieb ist, und vollends in einen verrufenen Wald hinein! Da hätte der Wald und sein Geheimnis lange auf mich warten können.“

„Ich machte mich denn gestern Morgen auf den Weg“, fuhr der Ritter, Undinen freundlich anlächelnd, fort. „Die Baumstämme blitzten so rot und schlank im Morgenlichte, das sich hell auf den grünen Rasen hinstreckte, die Blätter flüsterten so lustig miteinander, dass ich in meinem Herzen über die Leute lachen musste, die an diesem vergnüglichen Orte irgendetwas Unheimliches erwarten konnten. Der Wald soll bald durchtrabt sein, hin und zurück, sagte ich in behaglicher Fröhlichkeit zu mir selbst, und ehe ich noch daran dachte, war ich tief in die grünenden Schatten hinein und nahm nichts mehr von der hinter mir liegenden Ebene wahr. Da fiel es mir erst aufs Herz, dass ich mich auch in dem gewaltigen Forste gar leichtlich verirren könne und dass dieses vielleicht die einzige Gefahr sei, welche den Wandersmann allhier bedrohe. Ich hielt daher stille und sah mich nach dem Stande der Sonne um, die unterdessen etwas höher gerückt war. Indem ich nun so emporblicke, sehe ich ein schwarzes Ding in den Zweigen einer hohen Eiche. Ich denke schon, es ist ein Bär, und fasse nach meiner Klinge; da sagt es mit Menschenstimme, aber recht rau und hässlich herunter: Wenn ich hier oben nicht die Zweige abknusperte, woran solltest du denn heut um Mitternacht gebraten werden, Herr Naseweis? – Und dabei grinst es und raschelt mit den Ästen, dass mein Gaul toll wird und mit mir durchgeht, ehe ich noch Zeit gewinnen konnte, zu sehen, was es denn eigentlich für eine Teufelsbestie war.“

„Den müsst Ihr nicht nennen“, sagte der alte Fischer und bekreuzte sich; die Hausfrau tat schweigend desgleichen; Undine sah ihren Liebling mit hellen Augen an, sprechend: „Das Beste bei der Geschichte ist, dass sie ihn doch nicht wirklich gebraten haben. Weiter, du hübscher Jüngling!“

Der Ritter fuhr in seiner Erzählung fort: „Ich wäre mit meinem scheuen Pferde fast gegen Baumstämme und Äste gerannt; es triefte vor Angst und Erhitzung und wollte sich noch immer nicht halten lassen. Zuletzt ging es gerade auf einen steinigen Abgrund los; da kam mir's plötzlich vor, als werfe sich ein langer, weißer Mann dem tollen Hengste quer vor in seinen Weg; er entsetzte sich davor und stand; ich kriegte ihn wieder in meine Gewalt und sah nun erst, dass mein Retter kein weißer Mann war, sondern ein silberheller Bach, der sich neben mir von einem Hügel herunterstürzte, meines Rosses Lauf ungestüm kreuzend und hemmend.“

„Danke, lieber Bach!“, rief Undine, in die Händchen klopfend. Der alte Mann aber sah kopfschüttelnd in tiefem Sinnen vor sich nieder.

„Ich hatte mich noch kaum im Sattel wieder zurechtgesetzt und die Zügel wieder ordentlich recht gefasst“, fuhr Huldbrand fort, „so stand auch schon ein wunderliches Männlein zu meiner Seiten, winzig und hässlich über alle Maßen, ganz braungelb und mit einer Nase, die nicht viel kleiner war als der ganze übrige Bursche selbst. Dabei grinste er mit einer recht dummen Höflichkeit aus dem breitgeschlitzten Maule hervor und machte viele tausend Scharrfüße und Bücklinge gegen mich. Weil mir nun das Possenspiel sehr missbehagte, dankte ich ihm ganz kurz, warf meinen noch immer zitternden Gaul herum und gedachte mir ein anderes Abenteuer oder – sofern ich keins fände – den Heimweg zu suchen, denn die Sonne war während meiner tollen Jagd schon über die Mittagshöhe gen Westen gegangen. Da sprang aber der kleine Kerl mit einer blitzschnellen Wendung herum und stand abermals vor meinem Hengste. – Platz da! sagte ich verdrießlich; das Tier ist wild und rennt dich leichtlich um. – Ei, schnarrte das Kerlchen und lachte noch viel entsetzlich dummer, schenkt mir doch erst ein Trinkgeld, denn ich hab ja Euer Rösselein aufgefangen; lägt Ihr doch ohne mich samt Eurem Rösselein in der Steinkluft da unten! Hu! – Schneide nur keine Gesichter weiter, sagte ich, und nimm dein Geld hin, wenn du auch lügst; denn siehe, der gute Bach dort hat mich gerettet, nicht aber du, höchst erbärmlicher Wicht! – Und zugleich ließ ich ein Goldstück in seine wunderliche Mütze fallen, die er bettelnd vor mir abgezogen hatte. Dann trabte ich weiter; er aber schrie hinter mir drein und war plötzlich mit unbegreiflicher Schnelligkeit neben mir. Ich sprengte mein Ross im Galopp an; er galoppierte mit, so sauer es ihm zu werden schien, und so wunderliche, halb lächerliche, halb grässliche Verrenkungen er dabei mit seinem Leibe vornahm, wobei er immerfort das Goldstück in die Höbe hielt und bei jedem Galoppsprung schrie: Falsch Geld, falsche Münz! Falsche Münz, falsch Geld! Und das krächzte er aus so hohler Brust heraus, dass man meinte, er müsse nach jeglichem Schreie tot zu Boden stürzen. Auch hing ihm die hässlich-rote Zunge weit aus dem Schlunde. Ich hielt verstört; ich fragte: Was willst du mit deinem Geschrei? Nimm noch ein Goldstück, nimm noch zwei, aber dann lass ab von mir! – Da fing er wieder mit seinem hässlich-höflichen Grüßen an und schnarrte: Gold eben nicht, Gold soll es eben nicht sein, mein Jungherrlein! Des Spaßes hab ich selbst allzu viel, wills Euch mal zeigen.

Da ward es mir auf einmal, als könnt ich durch den grünen festen Boden durchsehen, als sei er grünes Glas und die ebene Erde kugelrund, und drinnen hielten eine Menge Kobolde ihr Spiel mit Silber und Gold. Kopfauf, kopfunter kugelten sie sich herum, schmissen einander zum Spaß mit den edlen Metallen und pusteten sich den Goldstaub neckend ins Gesicht. Mein hässlicher Gefährte stand halb drinnen, halb draußen; er ließ sich sehr, sehr viel Gold von den andern heraufreichen und zeigte es mir lachend und schmiss es dann wieder klingend in die unermesslichen Klüfte hinab. Dann zeigte er wieder mein Goldstück, das ich ihm geschenkt hatte, den Koboldengrunten, und die wollten sich darüber halb totlachen und zischten mich aus. Endlich reckten sie alle die spitzigen, metall-schmutzigen Finger gegen mich aus, und wilder und wilder, und dichter und dichter, und toller und toller klomm das Gewimmel gegen mich herauf – da erfasste mich ein Entsetzen, wie vorhin meinen Gaul; ich gab ihm beide Sporen und weiß nicht, wie weit ich zum zweiten Mal toll in den Wald hineingejagt bin.

Als ich nun endlich wieder stillhielt, war es abendkühl um mich her. Durch die Zweige sah ich einen weißen Fußpfad leuchten, von dem ich meinte, er müsse aus dem Forste nach der Stadt zurückführen. Ich wollte mich dahin durcharbeiten; aber ein ganz weißes, undeutliches Antlitz mit immer wechselnden Zügen sah mir zwischen den Blättern entgegen; ich wollte ihm ausweichen, aber wo ich hinkam, war es auch. Ergrimmt gedächte ich endlich mein Ross darauf loszutreiben, da sprudelte es mir und dem Pferde weißen Schaum entgegen, dass wir beide geblendet umwenden mussten. So trieb es uns Schritt um Schritt immer von dem Fußsteige abwärts und ließ uns überhaupt nur nach einer einzigen Richtung hin den Weg noch frei. Zogen wir aber auf dieser fort, so war es wohl dicht hinter uns, tat uns jedoch nicht das Geringste zuleide. Wenn ich mich dann bisweilen nach ihm umsah, merkte ich wohl, dass das weiße, sprudelnde Antlitz auf einem ebenso weißen, höchst riesenmäßigen Körper saß. Manchmal dacht' ich auch, als sei es ein wandelnder Springbrunnen, aber ich konnte niemals recht darüber zur Gewissheit kommen. Ermüdet gaben Ross und Reiter dem treibenden, weißen Manne nach, der uns immer mit dem Kopfe zunickte, als wolle er sagen: Schon recht, schon recht! – Und so sind wir endlich an das Ende dieses Waldes hier herausgekommen, wo ich Rasen und Seeflut und eure kleine Hütte sah und wo der lange, weiße Mann verschwand."

„Gut, dass er fort ist", sagte der alte Fischer, und nun begann er davon zu sprechen, wie sein Gast auf die beste Weise wieder zu seinen Leuten nach der Stadt zurückgelangen könne. Darüber fing Undine an ganz leise in sich selbst hineinzukichern. Huldbrand merkte es und sagte: „Ich dachte, du sähest mich gern hier; was freust du dich denn nun, da von meiner Abreise die Rede ist?"

„Weil du nicht fortkannst", entgegnete Undine. „Prob es doch mal, durch den übergetretenen Waldstrom zu setzen, mit Kahn, mit Ross oder allein, wie du Lust hast. Oder prob es lieber nicht, denn du würdest zerschellt werden von den blitzschnell getriebenen Stämmen und Steinen. Und was den See angeht, da weiß ich wohl: der Vater darf mit seinem Kahne nicht weit genug darauf hinaus."

Huldbrand erhob sich lächelnd, um zu sehen, ob es so sei, wie ihm Undine gesagt hatte; der Alte begleitete ihn, und das Mädchen gaukelte scherzend neben den Männern her. Sie fanden es in der Tat, wie Undine gesagt hatte; und der Ritter musste sich drein ergeben, auf der zur Insel gewordenen Landspitze zu bleiben, bis die Fluten sich verliefen. Als die drei nach ihrer Wanderung wieder der Hütte zugingen, sagte der Ritter der Kleinen ins Ohr: „Nun, wie ist es, Undinchen? Bist du böse, dass ich bleibe?" „Ach", entgegnete sie mürrisch, „lasst nur. Wenn ich Euch nicht gebissen hätte, wer weiß, was noch alles von der Bertalda in Eurer Geschichte vorgekommen wäre!"

FÜNFTES KAPITEL

Wie der Ritter auf der Seespitze lebte

Du bist vielleicht, mein lieber Leser, schon irgendwo, nach mannigfachem Auf- und Abtreiben in der Welt, an einen Ort gekommen, wo es dir wohl war; die jedwedem eingeborene Liebe zu eigenem Herd und stillem Frieden ging auf in dir; du meintest, die Heimat blühe mit allen Blumen der Kindheit und der allerreinsten, innigsten Liebe wieder aus teuren Grabstätten hervor, und hier müsse gut wohnen und Hütten bauen sein. Ob du dich darin geirrt und den Irrtum nachher schmerzlich abgebüßt hast, das soll hier nichts zur Sache tun, und du wirst dich auch selbst wohl mit dem herben Nachgeschmack nicht freiwillig betrüben wollen. Aber rufe jene unaussprechlich süße Ahnung, jenen Engelsgruß des Friedens wieder in dir herauf, und du wirst ungefähr wissen können, wie dem Ritter Huldbrand während seines Lebens auf der Seespitze zu Sinne war.

Er sah oftmals mit innigem Wohlbehagen, wie der Waldstrom mit jedem Tage wilder einherrollte, wie er sich sein Bett breiter und breiter riss und die Abgeschiedenheit auf der Insel so für immer längere Zeit ausdehnte. Einen Teil des Tages über strich er mit einer alten Armbrust, die er in einem Winkel der Hütte gefunden und sich ausgebessert hatte, umher, nach den vorüberfliegenden Vögeln lauernd und was er von ihnen treffen konnte, als guten Braten in die Küche liefernd. Brachte er nun seine Beute zurück, so unterließ Undine fast niemals ihn auszuschelten, dass er den lieben lustigen Tierchen oben im blauen Luftmeer so feindlich ihr fröhliches Leben stehle; ja sie weinte oftmals bitterlich bei dem Anblick des toten Geflügels. Kam er aber ein andermal wieder heim und hatte nichts geschossen, so schalt sie ihn nicht minder ernstlich darüber aus, dass man nun um seines Ungeschicks und seiner Nachlässigkeit willen mit Fischen und Krebsen fürlieb nehmen müsse. Er freute sich jedes Mal herzinniglich auf ihr anmutiges Zürnen, umso mehr, da sie gewöhnlich nachher ihre üble Laune durch die holdesten Liebkosungen wieder gutzumachen suchte. Die Alten hatten sich in die Vertraulichkeit der beiden jungen Leute gefunden; sie kamen ihnen vor wie Verlobte oder gar wie ein Ehepaar, das ihnen zum Beistand im Alter mit auf der abgerissenen Insel wohne. Eben diese Abgeschiedenheit brachte auch den jungen Huldbrand ganz fest auf den Gedanken, er sei bereits Undinens Bräutigam. Ihm war zumute, als gäbe es keine Welt mehr jenseits dieser umgebenden Fluten oder als könne man doch nie wieder da hinüber zur Vereinigung mit anderen Menschen gelangen; und wenn ihn auch bisweilen sein weidendes Ross anwieherte, wie nach Rittertaten fragend und mahnend, oder sein Wappenschild ihm von der Stickerei des Sattels und von der Pferdedecke ernst entgegenleuchtete, oder sein schönes Schwert unversehens vom Nagel, an welchem es in der Hütte hing, herabfiel, im Sturze aus der Scheide gleitend – so beruhigte er sein zweifelndes Gemüt damit, Undine sei gar keine Fischerstochter, sei vielmehr aller Wahrscheinlichkeit nach aus einem wundersamen, hochfürstlichen Hause der Fremde gebürtig. Nur das war ihm in der Seele zuwider, wenn die alte Frau Undinen in seiner Gegenwart schalt. Das launische Mädchen lachte zwar meist ohne alles Hehl ganz ausgelassen darüber; aber ihm war es, als taste man seine Ehre an, und doch wusste er der alten Fischerin nicht Unrecht zu geben, denn Undine verdiente immer zum wenigsten zehnfach so viel Schelte, als sie bekam, daher er denn auch der Hauswirtin im Herzen gewogen blieb, und das ganze Leben seinen stillen, vergnüglichen Gang fürder ging.

Es kam aber doch endlich eine Störung hinein; der Fischer und der Ritter waren nämlich gewohnt gewesen, beim Mittagsmahle und auch des Abends, wenn der Wind draußen heulte, wie er es fast immer gegen die Nacht zu tun pflegte, sich miteinander bei einem Kruge Wein zu ergötzen. Nun war aber der ganze Vorrat zu Ende gegangen, den der Fischer früher von der Stadt nach und nach mitgebracht hatte, und die beiden Männer wurden darüber ganz verdrießlich. Undine lachte sie den Tag über wacker aus, ohne dass beide so lustig wie gewöhnlich in ihre Scherze einstimmten. Gegen Abend war sie aus der Hütte gegangen – sie sagte, um den zwei langen und langweiligen Gesichtern zu entgehen. Weil es nun in der Dämmerung wieder nach Sturm aussah und das Wasser bereits heulte und rauschte, sprangen der Ritter und der Fischer erschreckt vor die Tür, um das Mädchen heimzuholen, der Angst jener Nacht gedenkend, wo Huldbrand zum ersten Male in der Hütte gewesen war. Undine aber trat ihnen entgegen, freundlich in ihre Hände klopfend. „Was gebt ihr mir, wenn ich euch Wein verschaffe? Oder vielmehr, ihr braucht mir nichts zu geben", fuhr sie fort, „denn ich bin schon zufrieden, wenn ihr lustiger ausseht und bessere Einfälle habt als diesen letzten, langweiligen Tag hindurch. Kommt nur mit; der Waldstrom hat ein Fass an das Ufer getrieben, und ich will verdammt sein, eine ganze Woche lang zu schlafen, wenn es nicht ein Weinfass ist."

Die Männer folgten ihr nach und fanden wirklich an einer umbüschten Bucht des Ufers ein Fass, welches ihnen Hoffnung gab, als enthielte es den edlen Trank, wonach sie verlangten. Sie wälzten es vor allem aufs schleunigste in die Hütte, denn ein schweres Wetter zog wieder am Abendhimmel herauf und man konnte in der Dämmerung bemerken, wie die Wogen des Sees ihre weißen Häupter schäumend emporrichteten, als sähen sie sich nach dem Regen um, der nun bald auf sie herunterrauschen sollte. Undine half den beiden nach Kräften und sagte, als das Regenwetter plötzlich allzu schnell heraufheulte, lustig drohend in die schweren Wolken hinein: „Du, du! Hüte dich, dass du uns nicht nass machst; wir sind noch lange nicht unter Dach!"

Der Alte verwies ihr solches als eine sündhafte Vermessenheit; aber sie kicherte leise vor sich hin, und es widerfuhr auch niemandem etwas Übles darum. Vielmehr gelangten alle drei wider Vermutung mit ihrer Beute trocken an den behaglichen Herd, und erst als man das Fass geöffnet und erprobt hatte, dass es einen wundersam trefflichen Wein enthalte, riss sich der Regen aus dem dunklen Gewölke los und rauschte der Sturm durch die Wipfel der Bäume und über des Sees empörte Wogen hin.

Einige Flaschen waren bald aus dem großen Fasse gefüllt, das für viele Tage Vorrat verhieß; man saß trinkend und scherzend und heimisch gesichert vor dem tobenden Unwetter an der Glut des Herdes beisammen. Da sagte der alte Fischer und ward plötzlich sehr ernst: „Ach, großer Gott! Wir freuen uns hier der edlen Gabe, und der, welchem sie zuerst angehörte und vom Strome genommen ward, hat wohl gar das liebe Leben darum lassen müssen."

„Er wird ja nicht gerade!", meinte Undine und schenkte dem Ritter lächelnd ein. Der aber sagte: „Bei meiner höchsten Ehre, alter Vater, wüsst ich ihn zu finden und zu retten, mich sollte kein Gang in die Nacht hinaus dauern und keine Gefahr. So viel aber kann ich euch versichern: komm ich je wieder zu bewohnteren Landen, so will ich ihn oder seine Erben schon ausfindig machen und diesen Wein doppelt und dreifach ersetzen."

Das freute den alten Mann; er nickte dem Ritter billigend zu und trank nun seinen Becher mit besserem Gewissen und Behagen leer. Undine aber sagte zu Huldbrand: „Mit der Entschädigung und mit deinem Golde halt es, wie du willst. Das aber mit dem Nachlaufen und Suchen war dumm geredet. Ich weinte mir die Augen aus, wenn du darüber verloren gingst, und nicht wahr, du möchtest auch lieber bei mir bleiben und bei dem guten Wein?"

„Das freilich", entgegnete Huldbrand lächelnd. „Nun", sagte Undine, „also hast du dumm gesprochen. Denn jeder ist sich selbst der Nächste, und was gehen einen die andern Leute an?" Die Hausfrau wandte sich seufzend und kopfschüttelnd von ihr ab, der Fischer vergaß seiner sonstigen Vorliebe für das zierliche Mägdlein und schalt. „Als ob dich Heiden und Türken erzogen hätten, klingt das!", schloss er seine Rede, „Gott verzeih es mir und dir, du ungeratenes Kind!" „Ja, aber mir ist doch nun einmal so zumute", entgegnete Undine, „habe mich erzogen, wer da will, und was können da all eure Worte helfen!"

„Schweig!", fuhr der Fischer sie an, und sie, die ungeachtet ihrer Keckheit doch äußerst schreckhaft war, fuhr zusammen, schmiegte sich zitternd an Huldbrand und fragte ihn ganz leise: „Bist du auch böse, schöner Freund?" Der Ritter drückte ihr die zarte Hand und streichelte ihre Locken. Sagen konnte er nichts, weil ihm der Ärger über des Alten Härte gegen Undinen die Lippen schloss, und so saßen beide Paare mit einem Male unwillig und im verlegenen Schweigen einander gegenüber.

SECHSTES KAPITEL

Von einer Trauung

Ein leises Klopfen an die Tür klang durch diese Stille und erschreckte alle, die in der Hütte saßen; wie es denn bisweilen zu kommen pflegt, dass auch eine Kleinigkeit, die ganz unvermutet geschieht, einem den Sinn recht fürchterlich aufregen kann. Aber hier kam noch dazu, dass der verrufene Forst sehr nahe lag und die Seespitze für menschliche Besuche jetzt unzugänglich schien. Man sah einander zweifelnd an; das Pochen wiederholte sich, von einem tiefen Ächzen begleitet; der Ritter ging nach seinem Schwerte. Da sagte aber der alte Mann leise: „Wenn es das ist, was ich fürchte, hilft uns keine Waffe."

Undine näherte sich indessen der Tür und rief ganz unwillig und keck: „Wenn ihr Unfug treiben wollt, ihr Erdgeister, so soll euch Kühleborn was Besseres lehren."

Das Entsetzen der andern ward durch diese wunderlichen Worte vermehrt; sie sahen das Mädchen scheu an, und Huldbrand wollte sich eben zu einer Frage an sie ermannen, da sagte es von draußen: „Ich bin kein Erdgeist, wohl aber ein Geist, der noch im irdischen Körper hauset. Wollt ihr mir helfen und fürchtet ihr Gott, ihr drinnen in der Hütte, so tut mir auf!"

Undine hatte bei diesen Worten die Tür bereits geöffnet und leuchtete mit einer Ampel in die stürmische Nacht hinaus, sodass man draußen einen alten Priester wahrnahm, der vor dem unversehenen Anblick des wunderschönen Mägdleins erschreckt zurücktrat. Er mochte wohl denken, es müsse Spuk und Zauberei mit im Spiele sein, wo ein so herrliches Bild aus einer so niederen Hüttenpforte erscheine. Deshalb fing er an zu beten: „Alle guten Geister loben Gott, den Herrn!" – „Ich bin kein Gespenst", sagte Undine lächelnd, „seh ich denn so hässlich aus? Zudem könnt ihr ja wohl merken, dass mich kein frommer Spruch erschreckt. Ich weiß doch auch von Gott und versteh ihn auch zu loben; jedweder auf seine Weise freilich, und dazu hat er uns erschaffen. Tretet ein, ehrwürdiger Vater; ihr kommt zu guten Leuten."

Der Geistliche kam neigend und umblickend herein und sah gar lieb und ehrwürdig aus. Aber das Wasser troff aus allen Falten seines dunklen Kleides und aus dem langen, weißen Bart und den weißen Locken des Haupthaares. Der Fischer und der Ritter führten ihn in eine Kammer und gaben ihm andere Kleider, während sie den Weibern die Gewande des Priesters zum Trocknen in das Zimmer reichten. Der fremde Greis dankte aufs demütigste und freundlichste, aber des Ritters glänzenden Mantel, den ihm dieser entgegenhielt, wollte er auf keine Weise umnehmen; er wählte stattdessen ein altes, graues Oberkleid des Fischers. So kamen sie denn in das Gemach zurück; die Hausfrau räumte dem Priester alsbald ihren großen Sessel und ruhte nicht eher, bis er sich darauf niedergelassen hatte: „Denn“, sagte sie, „Ihr seid alt und erschöpft und geistlich obendrein.“

Undine schob den Füßen des Fremden ihr kleines Bänkchen unter, worauf sie sonst neben Huldbrand zu sitzen pflegte, und bewies sich überhaupt in der Pflege des guten Alten höchst sittig und anmutig. Huldbrand flüsterte ihr darüber eine Neckerei ins Ohr, sie aber entgegnete sehr ernst: „Er dient ja dem, der uns alle erschaffen hat, damit ist nicht zu spaßen.“

Der Ritter und der Fischer labten darauf den Priester mit Speise und Wein, und dieser fing, nachdem er sich etwas erholt hatte, zu erzählen an, wie er gestern aus seinem Kloster, das fern über den großen Landsee hinaus liege, nach dem Sitze des Bischofs habe reisen sollen, um demselben die Not kundzutun, in welche durch die jetzigen wunderbaren Überschwemmungen das Kloster und dessen Zinsdörfer geraten seien. Da habe er nach langen Umwegen um eben dieser Überschwemmung willen sich heute gegen Abend dennoch genötigt gesehen, einen übergetretenen Arm des Sees mit Hilfe zweier guten Fährleute zu überschiffen. „Kaum aber“, fuhr er fort, „hatte unser kleines Fahrzeug die Wellen berührt, so brach auch schon der ungeheure Sturm los, der noch jetzt über unsern Häuptern fortwütet. Es war, als hätten die Fluten nur auf uns gewartet, um die allertollsten, strudelndsten Tänze mit uns zu beginnen. Die Ruder waren bald aus meiner Führer Händen gerissen und trieben zerschmettert auf den Wogen weiter und weiter vor uns hinaus. Wir selbst flogen, hilflos und der tauben Naturkraft hingegeben, auf die Höhe des Sees zu euren fernen Ufern herüber, die wir schon zwischen den Nebeln und Wasserschäumen emporstreben sahen. Da drehte sich endlich der Nachen immer wilder und schwindliger; ich weiß nicht, stürzte er um, stürzte ich heraus. Im dunkeln Ängstigen des nahen, schrecklichen Todes trieb ich weiter, bis mich eine Welle hier unter die Bäume an eure Insel warf.“

„Ja, Insel!“, sagte der Fischer. „Vor kurzem war’s noch eine Landspitze, nun aber, seit Waldstrom und See schier toll geworden sind, sieht es ganz anders mit uns aus.“

„Ich merkte so etwas“, sagte der Priester, „indem ich im Dunkeln das Wasser entlangschlich und, ringsum nur wildes Gebrause antreffend, endlich schaute, wie sich ein betretener Fußpfad grade in das Getos hinein verlor. Nun sah ich das Licht in eurer Hütte und wagte mich hierher, wo ich denn meinem himmlischen Vater nicht genug danken kann, dass er mich nach meiner Rettung aus dem Gewässer auch noch zu so frommen Leuten geführt hat, als zu euch, und das umso mehr, da ich nicht wissen kann, ob ich außer euch vieren noch in diesem Leben andre Menschen wieder zu sehen bekomme."

„Wie meint Ihr das?", fragte der Fischer.

„Wisst ihr denn, wie lange dieses Treiben der Elemente währen soll?", entgegnete der Geistliche. „Und ich bin alt an Jahren. Gar leicht mag mein Lebensstrom eher versiegend unter die Erde gehn, als die Überschwemmung des Waldstroms da draußen. Und überhaupt, es wäre ja nicht unmöglich, dass mehr und mehr des schäumenden Wassers sich zwischen euch und den jenseitigen Forst drängte, bis ihr so weit von der übrigen Erde abgerissen würdet, dass euer Fischerkähnlein nicht mehr hinüberreichte und die Bewohner des festen Landes in ihren Zerstreuungen euer aller gänzlich vergäßen."

Die alte Hausfrau fuhr hierüber zusammen, bekreuzte sich und sagte: „Das verhüte Gott!" Aber der Fischer sah sie lächelnd an und sprach: „Wie doch nun auch der Mensch ist! Es wäre ja dann nicht anders, wenigstens nicht für dich, liebe Frau, als es nun ist. Bist du denn seit vielen Jahren weitergekommen, als an die Grenze des Forstes? Und hast du andere Menschen gesehen als Undinen und mich? Seit kurzem sind nun noch der Ritter und der Priester zu uns gekommen. Die blieben bei uns, wenn wir zur vergessenen Insel würden; also hättest du ja den besten Gewinn davon."

„Ich weiß nicht", sagte die alte Frau, „es wird einem doch unheimlich zumute, wenn man sich's nun so vorstellt, dass man unwiederbringlich von den anderen Leuten geschieden wär, ob man sie übrigens auch weder kennt noch sieht."

„Du bliebest dann bei uns, du bliebest dann bei uns!", flüsterte Undine ganz leise, halb singend und schmiegte sich inniger an Huldbrands Seite. Dieser aber war in tiefe und seltsame Gebilde seines Innern verloren. Die Gegend jenseits des Waldwassers zog sich seit des Priesters letzten Worten immer ferner und dunkler von ihm ab; die blühende Insel, auf welcher er lebte, grünte und lachte immer frischer in sein Gemüt hinein. Die Braut glühte als die schönste Rose dieses kleinen Erdstriches und auch der ganzen Welt hervor, der Priester war zur Stelle. Dazu kam noch eben, dass ein zürnender Blick der Hausfrau das schöne Mädchen traf, weil sie sich in Gegenwart des geistlichen Herrn so dicht an ihren

Liebling lehnte, und es schien, als wollte ein Strom von unerfreulichen Worten folgen. Da brach es aus des Ritters Munde, dass er, gegen den Priester gewandt, sagte: „Ihr seht hier ein Brautpaar vor Euch, ehrwürdiger Herr, und wenn dies Mädchen und die guten alten Fischersleute nichts dawider haben, sollt Ihr uns heute Abend noch zusammengeben."

Die beiden alten Eheleute waren sehr verwundert. Sie hatten zwar bisher oft so etwas gedacht, aber ausgesprochen hatten sie es doch niemals, und wie nun der Ritter dies tat, kam es ihnen als etwas ganz Neues und Unerhörtes vor. Undine war plötzlich ernst geworden und sah tiefsinnig vor sich nieder, während der Priester nach den näheren Umständen fragte und sich bei den Alten nach ihrer Einwilligung erkundigte. Man kam nach mannigfachem Hin- und Herreden miteinander ins Reine: die Hausfrau ging, um den jungen Leuten das Brautgemach zu ordnen und zwei geweihte Kerzen, die sie seit langer Zeit verwahrt hielt, für die Trauungsfeierlichkeit hervorzusuchen. Der Ritter nestelte indes an seiner goldenen Kette und wollte zwei Ringe losdrehen, um sie mit der Braut wechseln zu können. Diese aber fuhr, es bemerkend, aus ihrem tiefen Sinnen auf und sprach: „Nicht also! Ganz bettelarm haben mich meine Eltern nicht in die Weit hineingeschickt; vielmehr haben sie gewiss schon frühe darauf gerechnet, dass ein solcher Abend aufgehen solle."

Damit war sie schnell aus der Tür und kam gleich darauf mit zwei kostbaren Ringen zurück, deren einen sie ihrem Bräutigam gab und den andern für sich behielt. Der alte Fischer war ganz erstaunt darüber, und noch mehr die Hausfrau, die eben wieder hereintrat, dass beide diese Kleinodien noch niemals bei dem Kinde gesehen hatten.

„Meine Eltern", entgegnete Undine, „ließen mir diese Dingerchen in das schöne Kleid nähen, das ich gerade anhatte, da ich zu euch kam. Sie verboten mir auch, auf irgendeine Weise jemanden davon zu sagen vor meinem Hochzeitsabend. Da habe ich sie denn also stille herausgetrennt und verborgen gehalten bis heute."

Der Priester unterbrach das weitere Fragen und Verwundern, indem er die geweihten Kerzen anzündete, sie auf einen Tisch stellte und das Brautpaar sich gegenübertreten hieß. Er gab sie sodann mit kurzen, feierlichen Worten zusammen, die alten Eheleute segneten die jungen, und die Braut lehnte sich leise zitternd und nachdenklich an den Ritter. Da sagte der Priester mit einem Male: „Ihr Leute seid doch seltsam! Was sagt ihr mir denn, ihr wäret die einzigen Menschen hier auf der Insel? Und während der ganzen Trauhandlung sah zu dem Fenster mir gegenüber ein ansehnlicher langer Mann im weißen Mantel herein. Er muss noch vor der Tür stehen, wenn ihr ihn etwa mit ins Haus nötigen wollt."

„Gott bewahre!", sagte die Wirtin zusammenfahrend, der alte Fischer schüttelte schweigend den Kopf, und Huldbrand sprang nach dem Fenster. Es war ihm selbst, als sähe er noch einen weißen Streif, der aber bald im Dunkel gänzlich verschwand. Er redete dem Priester ein, dass er sich durchaus geirrt haben müsse, und man setzte sich vertraulich mitsammen um den Herd.

SIEBENTES KAPITEL

Was sich weiter am Hochzeitsabend begab

Gar sittig und still hatte sich Undine vor und während der Trauung bewiesen; nun aber war es, als schäumten alle die wunderlichen Grillen, welche in ihr hausten, umso dreister und kecklicher auf die Oberfläche hervor. Sie neckte Bräutigam und Pflegeeltern und selbst den noch kaum so hochverehrten Priester mit allerhand kindischen Streichen, und als die Wirtin etwas dagegen sagen wollte, brachten diese ein paar ernste Worte des Ritters, worin er Undinen mit großer Bedeutsamkeit seine Hausfrau nannte, zum Schweigen. Ihm selbst indessen, dem Ritter, gefiel Undinens kindisches Bezeigen ebenso wenig; aber da half kein Räuspern und keine tadelnde Rede. Sooft die Braut ihres Lieblings Unzufriedenheit merkte – und das geschah einige Mal – ward sie freilich stiller, setzte sich neben ihn, streichelte ihn, flüsterte ihm lächelnd etwas ins Ohr und glättete so die aufsteigenden Falten seiner Stirn. Aber gleich darauf riss sie irgendein toller Einfall wieder in das gaukelnde Treiben hinein, und es ging nur ärger als zuvor. Da sagte der Priester sehr ernsthaft und sehr freundlich: „Mein anmutiges junges Mägdelein, man kann Euch zwar nicht ohne Ergötzen ansehen; aber denkt daran, Eure Seele beizeiten so zu stimmen, dass sie immer die Harmonie zu der Seele Eures angetrauten Bräutigams anklingen lasse."

„Seele!", lachte ihn Undine an; „das klingt recht hübsch und mag auch für die meisten Leute eine gar erbauliche und nutzreiche Regel sein. Aber wenn nun eins gar keine Seele hat, bitt Euch, was soll es denn da stimmen? Und so geht es mir."

Der Priester schwieg, tief verletzt, in frommem Zürnen und kehrte sein Antlitz wehmütig von dem Mädchen ab. Sie aber ging schmeichelnd auf ihn zu und sagte: „Nein, hört doch erst ordentlich, eh Ihr böse ausseht, denn Euer Böseaussehn tut mir weh, und Ihr müsst doch keiner Kreatur wehtun, die Euch ihrerseits nichts zu Leide getan hat. Zeigt Euch nur duldsam gegen mich, und ich will's Euch ordentlich sagen, wie ich's meine."

Man sah, sie stellte sich in Bereitschaft, etwas recht Ausführliches zu erzählen, aber plötzlich stockte sie, wie von einem inneren Schauer ergriffen, und brach in einen reichen Strom der wehmütigsten Tränen aus. Sie wussten alle nicht mehr, was sie recht aus ihr machen sollten, und starrten sie in unterschiedlichen Besorgnissen schweigend an. Da sagte sie endlich, sich ihre Tränen abtrocknend und den Priester ernsthaft ansehend: „Es muss etwas Liebes, aber auch etwas höchst Furchtbares um eine Seele sein. Um Gott, mein frommer Mann, wäre es nicht besser, man würde ihrer nie teilhaftig?"

Sie schwieg wieder still, wie auf Antwort wartend; ihre Tränen waren gehemmt. Alle in der Hütte hatten sich von ihren Sitzen erhoben und traten schaudernd vor ihr zurück. Sie aber schien nur für den Geistlichen Augen zu haben. Auf ihren Zügen malte sich der Ausdruck einer fürchtenden Neugier, die eben deshalb den andern höchst furchtbar vorkam.

„Schwer muss die Seele lasten", fuhr sie fort, da ihr niemand antwortete, „sehr schwer! Denn schon ihr annahendes Bild überschattet mich mit Angst und Trauer. Und ach, ich war so leicht, so lustig sonst!" Und in einen erneuten Tränenstrom brach sie aus und schlug das Gewand vor ihrem Antlitz zusammen. Da trat der Priester ernsten Ansehens auf sie zu und sprach sie an und beschwor sie bei den heiligsten Namen, sie solle die lichte Hülle abwerfen, falls etwas Böses in ihr sei. Sie aber sank vor ihm in die Knie, alles Fromme wiederholend, was er sprach, und Gott lobend und beteuernd, sie meine es gut mit der ganzen Welt. Da sagte endlich der Priester zum Ritter: „Herr Bräutigam, ich lasse Euch allein mit der, die ich Euch angetraut habe. So viel ich ergründen kann, ist nichts Übles an ihr, wohl aber des Wundersamen viel. Ich empfehle Euch Vorsicht, Liebe und Treue." Damit ging er hinaus, die Fischersleute folgten ihm, sich bekreuzend.

Undine war auf die Knie gesunken, sie entschleierte ihr Angesicht und sagte, scheu nach Huldbrand blickend: „Ach, nun willst du mich gewiss nicht behalten; und hab ich doch nichts Böses getan, ich armes, armes Kind!" Sie sah dabei so unendlich anmutig und rührend aus, dass ihr Bräutigam alles Grauens und aller Rätselhaftigkeit vergaß, zu ihr hineilend und sie in seinen Armen emporrichtend. Da lächelte sie durch ihre Tränen; es war, als wenn das Morgenrot auf kleinen Bächen spielt.

„Du kannst nicht von mir lassen!“, flüsterte sie vertraulich und sicher und streichelte mit den zarten Händchen des Ritters Wangen. Dieser wandte sich darüber von den furchtbaren Gedanken ab, die noch im Hintergrunde seiner Seele lauerten und ihm einreden wollten, er sei an eine Fee oder sonst ein böslich-neckendes Wesen der Geisterwelt angetraut; nur noch die einzige Frage ging fast unversehens über seine Lippen: „Liebes Undinchen, sage mir doch das Eine: was war es, das du von Erdgeistern sprachst, da der Priester an die Tür klopfte, und von Kühleborn?“

„Märchen, Kindermärchen!“, sagte Undine lachend und ganz wieder in ihrer gewohnten Lustigkeit. „Erst hab ich euch Bange gemacht, am Ende habt ihr’s mich. Das ist das Ende vom Liede und vom ganzen Hochzeitsabend.“

„Nein, das ist es nicht“, sagte der von Liebe berauschte Ritter, löschte die Kerzen und trug seine schöne Geliebte unter tausend Küssen – vom Monde, der hell durch die Fenster hereinsah, anmutig beleuchtet – zu der Brautkammer hinein.

ACHTES KAPITEL

Der Tag nach der Hochzeit

Ein frisches Morgenlicht weckte die jungen Eheleute. Undine verbarg sich schamhaft unter ihre Decken, und Huldbrand lag still sinnend vor sich hin. Sooft er in der Nacht eingeschlafen war, hatten ihn wunderlich-grausende Träume verstört von Gespenstern, die sich heimlich grinsend in schöne Frauen zu verkleiden strebten – von schönen Frauen, die mit einem Male Drachenangesichter bekamen. Und wenn er von den hässlichen Gebilden in die Höhe fuhr, stand das Mondlicht bleich und kalt draußen vor den Fenstern; entsetzt blickte er nach Undinen, an deren Busen er eingeschlafen war, und die in unverwandelter Schönheit und Anmut neben ihm ruhte. Dann drückte er einen leichten Kuss auf die rosigen Lippen und schlief wieder ein, um von neuen Schrecken erweckt zu werden. Nachdem er sich nun alles dieses recht im vollen Wachen überlegt hatte, schalt er sich selber über jedweden Zweifel aus, der ihn an seiner schönen Frau hatte irremachen können. Er bat auch sein Unrecht mit klaren Worten ab. Sie aber reichte ihm nur die schöne Hand, seufzte aus tiefem Herzen und blieb still. Aber ein unendlich inniger Blick aus ihren Augen, wie er ihn noch nie gesehen hatte, ließ ihm keinen Zweifel, dass Undine von keinem Unwillen gegen ihn wisse. Er stand dann heiter auf und ging zu seinen Hausgenossen in das gemeinsame Zimmer vor. Die drei saßen mit besorgten Mienen um den Herd, ohne dass sich einer getraut hätte, seine Worte laut werden zu lassen. Es sah aus, als bete der Priester in seinem Innern um Abwendung alles Übels. Da man nun aber den jungen Ehemann so vergnügt hervorgehen sah, glätteten sich auch die Falten in den übrigen Gesichtern; ja, der alte Fischer fing an mit dem Ritter zu scherzen auf eine recht sittige, ehrbare Weise, sodass selbst die alte Hausfrau ganz freundlich dazu lächelte. Darüber war endlich Undine auch fertig geworden und trat nun in die Tür; alle wollten ihr entgegengehn, und alle blieben voll Verwunderung stehen: so fremd kam ihnen die junge Frau vor und doch so wohl bekannt. Der Priester schritt zuerst mit Vaterliebe in den leuchtenden Blicken auf sie zu, und wie er die Hand zum Segen emporhob, sank das schöne Weib andächtig schauernd vor ihm in die Knie. Sie bat darauf mit einigen freundlich-demütigen Worten wegen des Törichten, was sie gestern gesprochen haben möge, um Verzeihung und ersuchte ihn mit sehr bewegtem Tone, dass er für das Heil ihrer Seele beten wolle. Dann erhob sie sich, küsste ihre Pflegeeltern und sagte, für alles genossene Gute dankend: „Oh, jetzt fühle ich es im innersten Herzen, wie viel, wie unendlich viel ihr für mich getan habt, ihr lieben, lieben Leute!“ Sie konnte erst gar nicht wieder ihre Liebkosungen abbrechen, aber kaum gewahrte sie, dass die Hausfrau nach dem Frühstück hinsah, so stand sie auch bereits am Herde, kochte und ordnete an und litt nicht, dass die gute, alte Mutter auch nur die geringste Mühewaltung über sich nahm. Sie blieb den ganzen Tag lang so: still, freundlich und achtsam, ein Hausmütterlein und ein zart verschämtes jungfräuliches Wesen zugleich. Die drei, welche sie schon länger kannten, dachten jeden Augenblick irgendein wunderliches Wechselspiel ihres launischen Sinnes hervorbrechen zu sehen. Aber sie warteten vergebens darauf: Undine blieb engelmild und sanft. Der Priester konnte seine Augen gar nicht von ihr wegwenden und sagte mehrere Male zum Bräutigam: „Herr, einen Schatz hat Euch gestern die himmlische Güte durch mich Unwürdigen anvertraut; wahrt ihn, wie es sich gebührt, so wird er Euer ewiges und zeitliches Heil fördern.“

Gegen Abend hing sich Undine mit demütiger Zärtlichkeit an des Ritters Arm und zog ihn sanft vor die Tür hinaus, wo die sinkende Sonne anmutig über den frischen Gräsern und um die hohen, schlanken Baumstämme leuchtete. In den Augen der jungen Frau schwamm es wie Tau der Wehmut und der Liebe, auf ihren

Lippen schwebte es wie ein zartes, besorgliches Geheimnis, das sich aber nur in kaum vernehmlichen Seufzern kundgab.

Sie führte ihren Liebling schweigend immer weiter mit sich fort; was er sagte, beantwortete sie nur mit Blicken, in denen zwar keine unmittelbare Auskunft auf seine Fragen, wohl aber ein ganzer Himmel der Liebe und schüchternen Ergebenheit lag. So gelangten sie an das Ufer des übergetretenen Waldstroms, und der Ritter erstaunte, diesen in leisen Wellen verrinnend dahinrieseln zu sehen, sodass keine Spur seiner vorigen Wildheit und Fülle mehr anzutreffen war.

„Bis morgen wird er ganz versiegt sein", sagte die schöne Frau weinerlich, „und du kannst dann ohne Widerspruch reisen, wohinaus du willst."

„Nicht ohne dich, Undinchen", entgegnete der lachende Ritter; „denke doch: wenn ich auch Lust hätte auszureißen, so müsste ja Kirche und Geistlichkeit und Kaiser und Reich dreinschlagen und dir den Flüchtling wiederbringen." „Kommt alles auf dich an, kommt alles auf dich an", flüsterte die Kleine, halb weinend, halb lächelnd. „Ich denke aber doch, du wirst mich wohl behalten; ich bin dir ja gar zu innig gut. Trage mich nun hinüber auf die kleine Insel, die vor uns liegt. Da soll sich's entscheiden. Ich könnte wohl leicht selbst durch die Wellchen schlüpfen, aber in deinen Armen ruht sich's so gut, und verstößest du mich, so hab ich doch noch zum letzten Male anmutig darin geruht."

Huldbrand, voll von einer seltsamen Bangigkeit und Rührung, wusste ihr nichts zu erwidern. Er nahm sie in seine Arme und trug sie hinüber, sich nun erst besinnend, dass es dieselbe kleine Insel war, von wo er sie in jener ersten Nacht dem alten Fischer zurückgetragen hatte. Jenseits ließ er sie in das weiche Gras nieder und wollte sich schmeichelnd neben seine schöne Bürde setzen. Sie aber sagte: „Nein, dorthin, mir gegenüber! Ich will in deinen Augen lesen, noch ehe deine Lippen sprechen. Höre nun recht achtsam zu, was ich dir erzählen will." Und sie begann:

„Du sollst wissen, mein süßer Liebling, dass es in den Elementen Wesen gibt, die fast aussehen wie ihr und sich doch nur selten vor euch blicken lassen. In den Flammen glitzern und spielen die wunderlichen Salamander, in der Erde tief hausen die dürren, tückischen Gnomen, durch die Wälder streifen die Waldleute, die der Luft angehören, und in den Seen und Strömen und Bächen lebt der Wassergeister ausgebreitetes Geschlecht. In klingenden Kristallgewölben, durch die der Himmel mit Sonne und Sternen hineinsieht, wohnt sich's schön; hohe Korallenbäume mit blau und roten Früchten leuchten in den Gärten; über reinlichen Meeressand wandelt man über schöne, bunte Muscheln, und was die alte Welt des also Schönen besaß, dass die heutige nicht mehr daran sich zu freuen würdig ist, das überzogen die Fluten mit ihren heimlichen Silberschleiern, und unten prangen nun die edlen Denkmale, hoch und ernst und anmutig betaut vom liebenden Gewässer, das aus ihnen schöne Moosblumen und kränzende Schilfbüschel hervorlockt. Die aber dort wohnen, sind gar hold und lieblich anzuschauen, meist schöner als die Menschen sind. Manch einem Fischer ward es schon so gut, ein zartes Wasserweib zu belauschen, wie es über die Fluten hervorstieg und sang. Der erzählte dann von ihrer Schöne weiter, und solche wundersame Frauen werden von den Menschen Undinen genannt. Du aber siehst jetzt wirklich eine Undine, lieber Freund."

Der Ritter wollte sich einreden, seiner schönen Frau sei irgendeine ihrer seltsamen Launen geworden und sie finde ihre Lust daran, ihn mit bunt erdachten Geschichten zu necken. Aber so sehr er sich dies auch vorsagte, konnte er doch keinen Augenblick daran glauben; ein seltsamer Schauer zog durch sein Inneres; unfähig, ein Wort hervorzubringen, starrte er unverwandten Auges die holde Erzählerin an. Diese schüttelte betrübt den Kopf, seufzte aus vollem Herzen und fuhr alsdann folgendermaßen fort:

„Wir wären weit besser daran als ihr andern Menschen; denn Menschen nennen wir uns auch, wie wir es denn auch der Bildung und dem Leibe nach sind; aber es ist gar Übles dabei. Wir sind unseresgleichen in den Elementen, wir zerstieben und vergehen mit Geist und Leib, dass keine Spur von uns zurückbleibt, und wenn ihr andern dermaleinst zu einem reinem Leben erwacht, sind wir geblieben, wo Sand und Funk und Wind und Welle blieb. Darum haben wir auch keine Seelen, das Element bewegt uns, gehorcht uns oft, solange wir leben – zerstäubt uns immer, sobald wir sterben, und wir sind lustig, ohne uns irgend zu grämen, wie es die Nachtigallen und Goldfischlein und andere hübsche Kinder der Natur ja gleichfalls sind. Aber alles will höher, als es steht. So wollte mein Vater, der ein mächtiger Wasserfürst im Mittelländischen Meere ist, seine einzige Tochter solle einer Seele teilhaftig werden, und müsse sie darüber auch viele Leiden der beseelten Leute bestehen. Eine Seele aber kann unseresgleichen nur durch den innigsten Verein der Liebe mit einem eures Geschlechts gewinnen. Nun bin ich beseelt, dir dank ich die Seele, o du unaussprechlich Geliebter, und dir werde ich es danken, wenn du mich nicht mein ganzes Leben hindurch elend machst. Denn was soll aus mir werden, wenn du mich scheuest und mich verstößest? Durch Trug aber möchte ich dich nicht behalten. Und willst du mich verstoßen, so tu es nun, so geh allein ans Ufer zurück. Ich tauche mich in diesen Bach, der mein Oheim ist und hier im Walde sein wunderliches Einsiedlerleben, von den übrigen Freunden entfernt, führt. Er ist aber mächtig und vielen Strömen wert und teuer; und wie er mich herführte zu den Fischern, mich leichtes und lachendes Kind, wird er mich auch wieder heimführen zu den Eltern, mich beseelte, liebende, leidende Frau."

Sie wollte noch mehr sagen, aber Huldbrand umfasste sie voll der innigsten Rührung und Liebe und trug sie wieder ans Ufer zurück. Hier erst schwur er unter Tränen und Küssen, sein holdes Weib niemals zu verlassen, und pries sich glücklicher als den griechischen Bildner Pygmalion, welchem Frau Venus seinen schönen Stein zur Geliebten belebt habe. Im süßen Vertrauen wandelte Undine an seinem Arme nach der Hütte zurück und empfand nun erst von ganzem Herzen, wie wenig sie die verlassenen Kristallpaläste ihres wundersamen Vaters bedauern dürfe.

NEUNTES KAPITEL

Wie der Ritter seine junge Frau mit sich führte

Als Huldbrand am andern Morgen vom Schlaf erwachte, fehlte seine schöne Genossin an seiner Seite, und er fing schon an, wieder den wunderlichen Gedanken nachzuhängen, die ihm seine Ehe und die reizende Undine selbst als ein flüchtiges Blendwerk und Gaukelspiel vorstellen wollten. Aber da trat sie eben zur Tür herein, küsste ihn, setzte sich zu ihm aufs Bett und sagte: „Ich bin etwas früh hinaus gewesen, um zu sehen, ob der Oheim Wort halte. Er hat schon alle Fluten wieder in sein stilles Bett zurückgelenkt und rinnt nun nach wie vor einsiedlerisch und sinnend durch den Wald. Seine Freunde in Wasser und Luft haben sich auch zur Ruhe begeben; es wird wieder alles ordentlich und ruhig in diesen Gegenden zugehen, und du kannst trocknen Fußes heimreisen, sobald du willst."

Es war Huldbrand zumute, als träumte er wachend fort, so wenig konnte er sich in die seltsame Verwandtschaft seiner Frau finden. Dennoch ließ er sich nichts merken, und die unendliche Anmut des holden Weibes wiegte auch bald jedwede unheimliche Ahnung zur Ruhe. Als er nach einer Weile mit ihr vor der Tür stand und die grünende Seespitze mit ihren klaren Wassergrenzen überschaute, ward es ihm so wohl in dieser Wiege seiner Liebe, dass er sagte: „Was sollen wir denn auch heute schon reisen? Wir finden wohl keine vergnügteren Tage in der Welt draußen, als wir sie in diesem heimlichen Schutzörtlein verlebten. Lass uns immer noch zwei- oder dreimal die Sonne hier untergehen sehen.“

„Wie mein Herr es gebeut“, entgegnete Undine in freundlicher Demut. „Es ist nur, dass sich die alten Leute ohnehin schon mit Schmerzen von mir trennen werden, und wenn sie nun erst die treue Seele in mir spüren, und wie ich jetzt innig lieben und ehren kann, bricht ihnen wohl gar vor vielen Tränen das schwache Augenlicht. Noch halten sie meine Stille und Frömmigkeit für nichts Besseres, als es sonst in mir bedeutete, für die Ruhe des Sees, wenn eben die Luft still ist, und sie werden sich nun ebenso gut einem Bäumchen oder Blümelein befreunden lernen als mir. Lass mich ihnen dies neu geschenkte, von Liebe wallende Herz nicht kundgeben in Augenblicken, wo sie es für diese Erde verlieren sollen, und wie könnt ich es bergen, blieben wir länger zusammen?“

Huldbrand gab ihr Recht; er ging zu den Alten und besprach die Reise mit ihnen, die noch in dieser Stunde vor sich gehen sollte. Der Priester bot sich den beiden jungen Eheleuten zum Begleiter an, er und der Ritter hoben nach kurzem Abschied die schöne Frau aufs Pferd und schritten mit ihr über das ausgetrocknete Bett des Waldstromes eilig dem Forste zu. Undine weinte still, aber bitterlich; die alten Leute klagten ihr laut nach. Es schien, als sei diesen eine Ahnung aufgegangen von dem, was sie eben jetzt an der holden Pflegetochter verloren.

Die drei Reisenden waren schweigend in die dichtesten Schatten des Waldes gelangt. Es mochte hübsch anzusehen sein in dem grünen Blättersaal, wie die schöne Frauengestalt auf dem edlen, zierlich geschmückten Pferde saß, und von einer Seite der ehrwürdige Priester in seiner weißen Ordenstracht, von der andern der blühende junge Ritter in bunten, hellen Kleidern, mit seinem prächtigen Schwerte umgürtet, achtsam einherschritten. Huldbrand hatte nur Augen für sein holdes Weib; Undine, die ihre lieben Tränen getrocknet hatte, nur Augen für ihn, und sie gerieten bald in ein stilles, lautloses Gespräch mit Blicken und Winken, aus dem sie erst spät durch ein leises Reden erweckt wurden, welches der Priester mit einem vierten Reisegesellschafter hielt, der indes unbemerkt zu ihnen gekommen war.

Er trug ein weißes Kleid, fast wie des Priesters Ordenshabit, nur dass ihm die Kappe ganz tief ins Gesicht hereinhing, und das Ganze in so weiten Falten um ihn herflog, dass er alle Augenblicke mit Aufraffen und über den Arm schlagen oder sonst dergleichen Anordnungen zu tun hatte, ohne dass er doch dadurch im Geringsten im Gehen behindert schien. Als die jungen Eheleute seiner gewahr wurden, sagte er eben: „Und so wohne ich denn schon seit vielen Jahren hier im Walde, mein ehrwürdiger Herr, ohne dass man mich Eurem Sinne nach einen Eremiten nennen könnte. Denn, wie gesagt, von Buße weiß ich nichts und glaube sie auch nicht sonderlich zu bedürfen. Ich habe nur deswegen den Wald so lieb, weil es sich auf eine ganz eigene Weise hübsch ausnimmt und mir Spaß macht, wenn ich in meinen flatternden weißen Kleidern durch die finsteren Schatten und Blätter hingehe und dann bisweilen ein süßer Sonnenstrahl unvermutet auf mich herunterblitzt."

„Ihr seid ein höchst seltsamer Mann", entgegnete der Priester, „und ich möchte wohl nähere Kunde von Euch haben." „Und wer seid Ihr denn, von einem aufs andre zu kommen?", fragte der Fremde. „Sie nennen mich den Pater Heilmann", sprach der Geistliche, „und ich komme aus Kloster Mariagruß von jenseits des Sees." „So, so", antwortete der Fremde. „Ich heiße Kühleborn, und wenn es auf Höflichkeit ankommt, konnte man mich ebenso gut Herr von Kühleborn betiteln oder Freiherr von Kühleborn; denn frei bin ich wie der Vogel im Walde und wohl noch ein bisschen darüber. Zum Exempel, jetzt hab ich der jungen Frau dort etwas zu erzählen."

Und ehe man sich's versah, war er auf der andern Seite des Priesters, dicht neben Undinen, und reckte sich hoch in die Höhe, um ihr etwas ins Ohr zu flüstern. Sie aber wandte sich erschrocken ab, sagend: „Ich habe nichts mehr mit Euch zu schaffen."

„Hoho", lachte der Fremde, „was für eine ungeheuer vornehme Heirat habt Ihr denn getan, dass Ihr Eure Verwandten nicht mehr kennt? Wisst Ihr denn nicht von Oheim Kühleborn, der Euch auf seinem Rücken so treu in diese Gegend trug?"

„Ich bitte Euch aber", entgegnete Undine, „dass Ihr Euch nicht wieder vor mir sehen lasst. Jetzt fürchte ich Euch; und soll mein Mann mich scheuen lernen, wenn er mich in so seltsamer Gesellschaft und Verwandtschaft sieht?"

„Nichtchen", sagte Kühleborn, „Ihr müsst nicht vergessen, dass ich hier zum Geleiter bei Euch bin; die spukenden Erdgeister möchten sonst dummen Spaß mit Euch treiben. Lasst mich also doch immer ruhig mitgehen; der alte Priester dort wusste sich übrigens meiner besser zu erinnern, als Ihr es zu tun scheint, denn er versicherte vorhin, ich käme ihm sehr bekannt vor und müsse wohl mit ihm im Nachen gewesen sein, aus dem er ins Wasser fiel.

Das war ich auch freilich, denn ich war just die Wasserhose, die ihn herausriss, und schwemmte ihn hernach zu deiner Trauung vollends ans Land."

Undine und der Ritter sahen nach Pater Heilmann; der aber schien in einem wandelnden Traume fortzugehen und von allem, was gesprochen ward, nichts mehr zu vernehmen. Da sagte Undine zu Kühleborn: „Ich sehe dort schon das Ende des Waldes. Wir brauchen Eurer Hilfe nicht mehr, und nichts macht uns Grauen als Ihr. Darum bitt ich Euch in Lieb und Güte, verschwindet und lasst uns in Frieden ziehn!"

Darüber schien Kühleborn unwillig zu werden; er zog ein hässliches Gesicht und grinste Undinen an, die laut aufschrie und ihren Freund zu Hilfe rief. Wie ein Blitz war der Ritter um das Pferd herum und schwang die scharfe Klinge gegen Kühleborns Haupt. Aber er hieb in einen Wasserfall, der von einer hohen Klippe neben ihnen herabschäumte und sie plötzlich mit einem Geplätscher, das beinahe wie Lachen klang, übergoss und bis auf die Haut durchnässte. Der Priester sagte, wie plötzlich erwachend: „Das hab ich lange gedacht, weil der Bach so dicht auf der Anhöhe neben uns herlief. Anfangs wollt es mir gar vorkommen, als wär er ein Mensch und könnte sprechen."

In Huldbrands Ohr rauschte der Wasserfall ganz vernehmlich diese Worte:

Rascher Ritter,
Rüst'ger Ritter,
Ich zürne nicht,
Ich zanke nicht;
Schirm nur dein reizend Weiblein stets so gut,
Du Ritter rüstig, du rasches Blut!

Nach wenigen Schritten waren sie im Freien. Die Reichsstadt lag glänzend vor ihnen, und die Abendsonne, welche deren Türme vergoldete, trocknete freundlich die Kleider der durchnässten Wanderer.

ZEHNTES KAPITEL

Wie sie in der Stadt lebten

Dass der junge Ritter Huldbrand von Ringstetten so plötzlich vermisst worden war, hatte großes Aufsehen in der Reichsstadt erregt und Bekümmernis bei den Leuten, die ihn allesamt wegen seiner Gewandtheit bei Turnier und Tanz, wie auch wegen seiner milden, freundlichen Sitten lieb gewonnen hatten. Seine Diener wollten nicht ohne ihren Herrn von dem Orte wieder weg, ohne dass doch einer den Mut gefasst hätte, ihm in die Schatten des gefürchteten Forstes nachzureiten. Sie blieben also in ihrer Herberge, untätig hoffend, wie es die Menschen zu tun pflegen, und durch ihre Klagen das Andenken des Verlorenen lebendig erhaltend. Wie nun bald darauf die großen Unwetter und Überschwemmungen merkbarer wurden, zweifelte man umso minder an dem gewissen Untergange des schönen Fremden, den auch Bertalda ganz unverhohlen betrauerte und sich selbst verwünschte, dass sie ihn zu dem unseligen Ritte nach dem Walde gelockt habe. Ihre herzoglichen Pflegeeltern waren gekommen, sie abzuholen, aber Bertalda bewog sie, mit ihr zu bleiben, bis man gewisse Nachricht von Huldbrands Leben oder Tod einziehe. Sie suchte verschiedene junge Ritter, die emsig um sie warben, zu bewegen, dass sie dem edlen Abenteurer in den Forst nachziehen möchten. Aber ihre Hand mochte sie nicht zum Preise des Wagestücks ausstellen, weil sie vielleicht noch immer hoffte, dem Wiederkehrenden angehören zu können, und um Handschuh oder Band oder auch selbst um einen Kuss wollte niemand sein Leben daransetzen, einen so gar gefährlichen Nebenbuhler zurückzuholen.

Nun, da Huldbrand unerwartet und plötzlich erschien, freuten sich Diener und Stadtbewohner und überhaupt fast alle Leute, nur Bertalda eben nicht; denn wenn es den andern auch ganz lieb war, dass er eine so wunderschöne Frau mitbrachte und den Pater Heilmann als Zeugen der Trauung, so konnte doch Bertalda nichts anderes als sich deshalb betrüben. Erstlich hatte sie den jungen Rittersmann wirklich von ganzer Seele lieb gewonnen, und dann war durch ihre Trauer über sein Wegbleiben den Augen der Menschen weit mehr davon kund geworden, als sich nun eben schicken wollte. Sie tat deswegen aber doch immer als ein kluges Weib, fand sich in die Umstände und lebte aufs allerfreundlichste mit Undinen, die man in der ganzen Stadt für eine Prinzessin hielt, welche Huldbrand im Walde von irgendeinem bösen Zauber erlöst habe. Wenn man sie selbst oder ihren Eheherrn darüber befragte, wussten sie zu schweigen oder geschickt auszuweichen; des Pater Heilmanns Lippen waren für jedes Geschwätz versiegelt, und ohnehin war er gleich nach Huldbrands Ankunft wieder in sein Kloster zurückgegangen, sodass sich die Leute mit ihren seltsamen Mutmaßungen behelfen mussten, und auch selbst Bertalda nicht mehr als jeder andere von der Wahrheit erfuhr.

Undine gewann übrigens dies anmutige Mädchen mit jedem Tage lieber. „Wir müssen uns einander schon eher gekannt haben“, pflegte sie öfters zu sagen, „oder es muss sonst irgendeine wundersame Beziehung unter uns geben, denn so ganz ohne Ursache, versteht mich, ohne tiefe, geheime Ursache gewinnt man ein anderes nicht so lieb, als ich Euch gleich vom ersten Anblick her gewann.“

Und auch Bertalda konnte sich nicht ableugnen, dass sie einen Zug der Vertraulichkeit und Liebe zu Undinen empfinde, wie sehr sie übrigens meinte, Ursache zu den bittersten Klagen über diese glückliche Nebenbuhlerin zu haben. In dieser gegenseitigen Neigung wusste die eine bei ihren Pflegeeltern, die andere bei ihrem Ehegatten den Tag der Abreise weiter und weiter hinauszuschieben; ja, es war schon die Rede davon gewesen, Bertalda solle Undinen auf einige Zeit nach Burg Ringstetten an die Quellen der Donau begleiten.

Sie sprachen auch einmal eines schönen Abends davon, als sie eben bei Sternenschein auf dem mit hohen Bäumen eingefassten Markte der Reichsstadt umherwandelten. Die beiden jungen Eheleute hatten Bertalda noch spät zu einem Spaziergange abgeholt, und alle drei zogen vertraulich unter dem tiefblauen Himmel auf und ab, oftmals in ihren Gesprächen durch die Bewunderung unterbrochen, die sie dem kostbaren Springbrunnen in der Mitte des Platzes und seinem wundersamen Rauschen und Sprudeln zollen mussten. Es war ihnen so lieb und heimlich zu Sinn; zwischen die Baumschatten durch stahlen sich die Lichtschimmer der nahen Häuser; ein stilles Gesumse von spielenden Kindern und anderen lustwandelnden Menschen wogte um sie her; man war so allein und doch so freundlich in der heiteren, lebendigen Welt mitten inne; was bei Tage Schwierigkeit geschienen hatte, das ebnete sich nun wie von selber, und die drei Freunde konnten gar nicht mehr begreifen, warum wegen Bertaldas Mitreise auch nur die geringste Bedenklichkeit habe obwalten mögen. Da kam, als sie eben den Tag ihrer gemeinschaftlichen Abfahrt bestimmen wollten, ein langer Mann von der Mitte des Marktplatzes her auf sie zugegangen, neigte sich ehrerbietig vor der Gesellschaft und sagte der jungen Frau etwas ins Ohr. Sie trat, unzufrieden über die

Störung und über den Störer, einige Schritte mit dem Fremden zur Seite, und beide begannen miteinander zu flüstern, es schien, in einer fremden Sprache. Huldbrand glaubte den seltsamen Mann zu kennen und sah so starr auf ihn, dass er Bertaldas staunende Fragen weder hörte noch beantwortete. Mit einem Male klopfte Undine freudig in die Hände und ließ den Fremden lachend stehen, der sich mit vielem Kopfschütteln und hastigen, unzufriedenen Schritten entfernte und in den Brunnen hineinstieg. Nun glaubte Huldbrand seiner Sache ganz gewiss zu sein, Bertalda aber fragte: „Was wollte dir denn der Brunnenmeister, liebe Undine?"

Die junge Frau lachte heimlich in sich hinein und erwiderte: „Übermorgen, auf deinen Namenstag, sollst du's erfahren, du liebliches Kind." Und weiter war nichts aus ihr herauszubringen. Sie lud nur Bertalden und durch sie ihre Pflegeeltern an dem bestimmten Tage zur Mittagstafel, und man ging bald darauf auseinander.

„Kühleborn?", fragte Huldbrand mit einem geheimen Schauder seine schöne Gattin, als sie von Bertalda Abschied genommen hatten und nun allein durch die dunkler werdenden Gassen nach Haus gingen. „Ja, er war es", antwortete Undine, „und er wollte mir auch allerhand dummes Zeug vorsprechen. Aber mitten darin hat er mich ganz gegen seine Absicht mit einer höchst willkommenen Botschaft erfreut. Willst du diese nun gleich wissen, mein holder Herr und Gemahl, so brauchst du nur zu gebieten, und ich spreche mir alles vom Herzen los. Wolltest du aber deiner Undine eine recht, recht große Freude gönnen, so ließest du es bis übermorgen und hättest dann auch an der Überraschung dein Teil."

Der Ritter gewährte seiner Gattin gern, worum sie so anmutig bat, und noch im Entschlummern lispelte sie lächelnd vor sich hin: „Was sie sich freuen wird und sich wundern über ihres Brunnenmeisters Botschaft, die liebe, liebe Bertalda!"

ELFTES KAPITEL

Bertaldas Namensfeier

Die Gesellschaft saß bei der Tafel, Bertalda mit Kleinodien und Blumen, den mannigfachen Geschenken ihrer Pflegeeltern und Freunde, geschmückt wie eine Frühlingsgöttin, obenan, zu ihrer Seiten Undine und Huldbrand. Als das reiche Mahl zu Ende ging und man den Nachtisch auftrug, blieben die Türen offen, nach alter, guter Sitte in deutschen Landen, damit auch das Volk zusehen könne und sich an der Lustigkeit der Herrschaften mitfreuen. Bediente trugen Wein und Kuchen unter den Zuschauern herum. Huldbrand und Bertalda warteten mit heimlicher Ungeduld auf die versprochene Erklärung und verwandten, so sehr es sich tun ließ, kein Auge von Undinen. Aber die schöne Frau blieb noch immer still und lächelte nur heimlich und innig froh vor sich hin. Wer um ihre getane Verheißung wusste, konnte sehen, dass sie ihr erquickendes Geheimnis alle Augenblicke verraten wollte und es doch noch immer in lüsterner Entsagung zurücklegte, wie es Kinder bisweilen mit ihren liebsten Leckerbissen tun. Bertalda und Huldbrand teilten dies wonnige Gefühl, in hoffender Bangigkeit das neue Glück erwartend, welches von ihrer Freundin Lippen auf sie herniedertauen sollte. Da baten verschiedene von der Gesellschaft Undinen um ein Lied. Es schien ihr gelegen zu kommen, sie ließ sich sogleich ihre Laute bringen und sang folgende Worte:

Morgen so hell,
Blumen so bunt,
Gräser so duftig und hoch
An wallenden See's Gestade!
Was zwischen den Gräsern
Schimmert so licht?
Ist's eine Blüte weiß und groß,
Vom Himmel gefallen in Wiesenschoß?
Ach, ist ein zartes Kind! –
Unbewusst mit Blumen tändelts,
Fasst nach goldnen Morgenlichtern. –
O woher, woher, du holdes? –
Fern vom unbekannten Strande
Trug es hier der See heran. –
Nein, fasse nicht, du zartes Leben,
Mit deiner kleinen Hand herum;
Nicht Hand wird dir zurückgegeben,
Die Blumen sind so fremd und stumm.
Die wissen wohl sich schön zu schmücken
Zu duften auch nach Herzenslust,
Doch keine mag dich an sich drücken,
Fern ist die traute Mutterbrust.
So früh, noch an des Lebens Toren,
Noch Himmelslächeln im Gesicht,
Hast du das Beste schon verloren,
O armes Kind, und weißt es nicht. –

Ein edler Herzog kommt geritten
Und hemmt vor dir des Rosses Lauf;
Zu hoher Kunst und reinen Sitten
Zieht er in seiner Burg dich auf.
Du hast unendlich viel gewonnen,
Du blühst, die Schönst im ganzen Land.
Doch ach, die allerbesten Wonnen
Ließ'st du am unbekannten Strand.

Undine senkte mit einem wehmütigen Lächeln ihre Laute; die Augen der herzoglichen Pflegeeltern Bertaldas standen voller Tränen.

„So war es am Morgen, wo ich dich fand, du arme, holde Waise", sagte der Herzog tief bewegt; „die schöne Sängerin hat wohl Recht: das Beste haben wir dir dennoch nicht zu geben vermocht."

„Wir müssen aber auch hören, wie es den armen Eltern ergangen ist", sagte Undine, schlug die Saiten und sang:

Mutter geht durch ihre Kammern,
Räumt die Schränke ein und aus,
Sucht, und weiß nicht was, mit Jammern,
Findet nichts als leeres Haus.

Leeres Haus! O Wort der Klage
Dem, der einst ein holdes Kind
Drin gegängelt hat am Tage,
Drin gewiegt in Nächten lind.

Wieder grünen wohl die Buchen,
Wieder kommt der Sonne Licht,
Aber, Mutter, lass dein Suchen,
Wieder kommt dein Liebes nicht!

Und wenn Abendlüfte fächeln,
Vater heim zum Herde kehrt,
Regt sich's fast in ihm wie Lächeln,
Dran doch gleich die Träne zehrt.

Vater weiß, in seinen Zimmern
Findet er die Todesruh,
Hört nur bleicher Mutter Wimmern,
Und kein Kindlein lacht ihm zu.

„O um Gott, Undine! Wo sind meine Eltern?“, rief die weinende Bertalda. „Du weißt es gewiss, du hast es erfahren, du wundersame Frau, denn sonst hättest du mir das Herz nicht so zerrissen. Sind sie vielleicht schon hier? Wär es?“ Ihr Auge durchflog die glänzende Gesellschaft und weilte auf einer regierenden Herrin, die ihrem Pflegevater zunächst saß. Da beugte sich Undine nach der Tür zurück, ihre Augen flossen in der süßesten Rührung über. „Wo sind denn die armen, harrenden Eltern?“, fragte sie, und der alte Fischer mit seiner Frau wankten aus dem Haufen der Zuschauer vor. Ihre Augen hingen fragend bald an Undinen, bald an dem schönen Fräulein, das ihre Tochter sein sollte. „Sie ist es“, stammelte die entzückte Gastgeberin, und die zwei alten Leute hingen, laut weinend und Gott preisend, an dem Halse der Wiedergefundenen.

Aber entsetzt und zürnend riss sich Bertalda aus ihrer Umarmung los. Es war zu viel für dieses stolze Gemüt, eine solche Wiedererkennung in dem Augenblicke, wo sie fest gemeint hatte, ihren bisherigen Glanz noch zu steigern, und die Hoffnung Thronhimmel und Kronen über ihr Haupt herunter regnen ließ. Es kam ihr vor, als habe ihre Nebenbuhlerin dies alles ersonnen, um sie nur recht ausgesucht vor Huldbrand und aller Welt zu demütigen. Sie schalt Undinen, sie schalt die beiden Alten – die hässlichen Worte „Betrügerin“ und „Erkauftes Volk“ rissen sich von ihren Lippen. Da sagte die alte Fischersfrau nur ganz leise vor sich hin: „Ach Gott, sie ist ein böses Weibsbild geworden; und dennoch fühl ich's im Herzen, dass sie von mir geboren ist.“

Der alte Fischer aber hatte seine Hände gefaltet und betete still, dass die hier seine Tochter nicht sein möge. Undine wankte todesbleich von den Eltern zu Bertalda, von Bertalda zu den Eltern, plötzlich aus all den Himmeln, die sie sich geträumt hatte, in eine Angst und ein Entsetzen gestürzt, das ihr bisher auch nicht im Traume kund geworden war.

„Hast du denn eine Seele? Hast du denn wirklich eine Seele, Bertalda?“, schrie sie einige Mal in ihre zürnende Freundin hinein, als wolle sie sie aus einem plötzlichen Wahnsinn oder einem tollmachenden Nachtgesichte gewaltsam zur Besinnung bringen. Als aber Bertalda noch immer ungestümer wütete, als die verstoßenen Eltern laut zu heulen anfingen und die Gesellschaft sich streitend und eifernd in verschiedene Parteien teilte, erbat sie sich mit einem Male so würdig und ernst die Freiheit, in den Zimmern ihres Mannes zu reden, dass alles um sie her wie auf einen Wink stille ward. Sie trat darauf an das obere Ende des Tisches, wo Bertalda gesessen hatte, demütig und stolz, und sprach, während sich aller Augen unverwandt auf sie richteten, folgendergestalt:

„Ihr Leute, die ihr so feindlich ausseht und so verstört und mir mein liebes Fest so grimmig zerreißt, ach Gott, ich wusste von euren törichten Sitten und eurer harten Sinnesweise nichts und werde mich wohl mein Leben lang nicht dreinfinden. Dass ich alles verkehrt angefangen habe, liegt nicht an mir; glaubt nur, es liegt einzig an euch, so wenig es euch auch danach aussehen mag. Ich habe euch auch deshalb nur wenig zu sagen, aber das eine muss gesagt sein: Ich habe nicht gelogen. Beweise kann und will ich euch außer meiner Versicherung nicht geben, aber beschwören will ich es. Mir hat es derselbe gesagt, der Bertalda von ihren Eltern weg ins Wasser lockte und sie nachher dem Herzog in seinen Weg auf die grüne Wiese legte."

„Sie ist eine Zauberin", rief Bertalda, „eine Hexe, die mit bösen Geistern Umgang hat! Sie bekennt es ja selbst."

„Das tue ich nicht", sagte Undine, einen ganzen Himmel der Unschuld und Zuversicht in ihren Augen. „Ich bin auch keine Hexe; seht mich nur darauf an!"

„So lügt sie und prahlt", fiel Bertalda ein, „und kann nicht behaupten, dass ich dieser niederen Leute Kind sei. Meine herzoglichen Eltern, ich bitte euch, führt mich aus dieser Gesellschaft fort und aus dieser Stadt, wo man nur darauf ausgeht, mich zu schmähen."

Der alte ehrsame Herzog aber blieb fest stehen, und seine Gemahlin sagte: „Wir müssen durchaus wissen, woran wir sind. Gott sei vor, dass ich eher nur einen Fuß aus diesem Saale setze!"

Da näherte sich die alte Fischerin, beugte sich tief vor der Herzogin und sagte: „Ihr schließt mir das Herz auf, hohe, gottesfürchtige Frau! Ich muss Euch sagen, wenn dieses böse Fräulein meine Tochter ist, trägt sie ein Mal, gleich einem Veilchen, zwischen beiden Schultern und ein gleiches auf dem Spann ihres linken Fußes. Wenn sie sich nur mit mir aus dem Saale entfernen wollte!"

„Ich entblöße mich nicht vor der Bäuerin!", sagte Bertalda, ihr stolz den Rücken wendend.

„Aber vor mir doch wohl", entgegnete die Herzogin mit großem Ernst. „Ihr werdet mir in jenes Gemach folgen, Jungfrau, und die gute Alte kommt mit."

Die drei verschwanden, und alle Übrigen blieben in großer Erwartung schweigend zurück. Nach einer kleinen Weile kamen die Frauen wieder, Bertalda totenbleich, und die Herzogin sagte: „Recht muss Recht bleiben; deshalb erkläre ich, dass unsere Frau

Wirtin vollkommen wahr gesprochen hat. Bertalda ist des Fischers Tochter, und so viel ist, als man hier zu wissen braucht."

Das fürstliche Ehepaar ging mit der Pflegetochter fort; auf einen Wink des Herzogs folgten ihnen der Fischer mit seiner Frau. Die andern Gäste entfernten sich schweigend oder heimlich murmelnd, und Undine sank herzlich weinend in Huldbrands Arme.

ZWÖLFTES KAPITEL

Wie sie aus der Reichsstadt abreisten

Dem Herrn von Ringstetten wäre es freilich lieber gewesen, wenn sich alles an diesem Tage anders gefügt hätte; aber auch so, wie es nun einmal war, konnte es ihm nicht unlieb sein, da sich seine reizende Frau so fromm und gutmütig und herzlich bewies. Wenn ich ihr eine Seele gegeben habe, musst' er bei sich selber sagen, gab ich ihr wohl eine bessere, als meine eigene ist; und nun dachte er einzig darauf, die Weinende zufrieden zu sprechen und gleich des andern Tags einen Ort mit ihr zu verlassen, der ihr seit diesem Vorfall zuwider sein musste. Zwar ist es an dem, dass man sie eben nicht ungleich beurteilte. Weil man schon früher etwas Wunderbares von ihr erwartete, fiel die seltsame Entdeckung von Bertaldas Herkommen nicht allzu sehr auf, und nur gegen diese war jedermann, der die Geschichte und ihr stürmisches Betragen dabei erfuhr, übel gesinnt. Davon wussten aber der Ritter und seine Frau noch nichts; außerdem wäre eins für Undinen so schmerzhaft gewesen wie das andere, und so hatte man nichts Besseres zu tun, als die Mauern der alten Stadt baldmöglichst zu verlassen.

Mit den ersten Strahlen des Morgens hielt ein zierlicher Wagen für Undinen vor dem Tore der Herberge; Huldbrands und seiner Knappen Hengste stampften daneben das Pflaster. Der Ritter führte seine schöne Frau aus der Tür, da trat ihnen ein Fischermädchen in den Weg.

„Wir brauchen deine Ware nicht", sagte Huldbrand zu ihr, „wir reisen eben fort."

Da fing das Fischermädchen bitterlich an zu weinen, und nun erst sahen die Eheleute, dass es Bertalda war. Sie traten gleich mit ihr in das Gemach zurück und erfuhren von ihr, der Herzog und die Herzogin seien so erzürnt über ihre gestrige Härte und Heftigkeit, dass sie die Hand gänzlich von ihr abgezogen hätten, nicht ohne ihr jedoch vorher eine reiche Aussteuer zu schenken. Der Fischer sei gleichfalls wohl begabt worden und habe noch gestern Abend mit seiner Frau wieder den Weg nach der Seespitze eingeschlagen.

„Ich wollte mit ihnen gehen“, fuhr sie fort, „aber der alte Fischer, der mein Vater sein soll ...“

„Er ist es auch wahrhaftig, Bertalda“, unterbrach sie Undine. „Sieh nur, der, welchen du für den Brunnenmeister ansahst, erzählte mir's ausführlich. Er wollte mich bereden, dass ich dich nicht mit nach Burg Ringstetten nehmen sollte, und da fuhr ihm dies Geheimnis mit heraus.“

„Nun denn“, sagte Bertalda, „mein Vater – wenn es denn so sein soll – mein Vater sprach: Ich nehme dich nicht mit, bis du anders geworden bist. Wage dich allein durch den verrufenen Wald zu uns hinaus; das soll die Probe sein, ob du dir etwas aus uns machst. Aber komm mir nicht wie ein Fräulein – wie eine Fischerdirne komm! – Da will ich denn tun, was er gesagt hat; denn von aller Welt bin ich verlassen und will als ein armes Fischerkind bei den ärmlichen Eltern einsam leben und sterben. Vor dem Walde graut es mir freilich sehr. Es sollen abscheuliche Gespenster drinnen hausen, und ich bin so furchtsam. Aber was hilft's? Hierher kam ich nur noch, um bei der edlen Frau von Ringstetten Verzeihung dafür zu erflehen, dass ich mich gestern so ungebührlich zeigte. Ich fühle wohl, Ihr habt es gut gemeint, holde Dame, aber Ihr wusstet nicht, wie Ihr mich verletzen würdet, und da strömte mir denn in der Angst und Überraschung gar manch unsinnig-verwegenes Wort über die Lippen. Ach verzeiht, verzeiht! Ich bin ja so unglücklich schon. Denkt nur selbst, was ich noch gestern in der Frühe war, noch gestern zu Anfang Eures Festes, und was nun heut!“

Die Worte gingen ihr unter in einem schmerzlichen Tränenstrom, und gleichfalls bitterlich weinend fiel ihr Undine um den Hals. Es dauerte lange, bis die tief gerührte Frau ein Wort hervorbringen konnte; dann aber sagte sie: „Du sollst ja mit uns nach Ringstetten; es soll ja alles bleiben, wie es früher abgeredt war; nur nenne mich wieder du und nicht Dame und edle Frau! Sieh, wir wurden als Kinder miteinander vertauscht; da schon verzweigte sich unser Geschick, und wir wollen es fürder so innig verzweigen, dass es keine menschliche Gewalt zu trennen imstande sein soll. Nur erst mit uns nach Ringstetten! Wie wir als Schwestern miteinander teilen wollen, besprechen wir dort.“

Bertalda sah scheu nach Huldbrand empor. Ihn jammerte des schönen, bedrängten Mägdleins; er bot ihr die Hand und redete ihr kosend zu, sich ihm und seiner Gattin anzuvertrauen. „Euren Eltern“, sagte er, „schicken wir Botschaft, warum Ihr nicht gekommen seid.“ Und noch manches wollte er wegen der guten Fischersleute hinzusetzen, aber er sah, wie Bertalda bei deren Erwähnung schmerzhaft zusammenfuhr, und ließ also lieber das Reden davon sein. Aber unter den Arm fasste er sie, hob sie zuerst in den Wagen, Undinen ihr nach und trabte fröhlich nebenher, trieb auch den Fuhrmann so wacker an, dass sie das Gebiet der Reichsstadt und mit ihm alle trüben Erinnerungen in kurzer Zeit überflogen hatten, und nun die Frauen mit besserer Lust durch die schönen Gegenden hinrollten, welche ihr Weg sie entlangführte.

Nach einigen Tagereisen kamen sie eines schönen Abends auf Burg Ringstetten an. Dem jungen Rittersmann hatten seine Vögte und Mannen viel zu berichten, sodass Undine mit Bertalda allein blieb. Die beiden ergingen sich auf dem hohen Wall der Feste und freuten sich an der anmutigen Landschaft, die sich ringsum durch das gesegnete Schwaben ausbreitete. Da trat ein langer Mann zu ihnen, der sie höflich grüßte, und der Bertalda beinah vorkam, wie jener Brunnenmeister in der Reichsstadt. Noch unverkennbarer wird ihr die Ähnlichkeit, als Undine ihm unwillig, ja drohend zurückwinkte und er sich mit eiligen Schritten und schüttelndem Kopfe fortmachte wie damals, worauf er in einem nahen Gebüsche verschwand. Undine aber sagte: „Fürchte dich nicht, liebes Bertaldchen; diesmal soll dir der hässliche Brunnenmeister nichts zuleide tun.“

Und damit erzählte sie ihr die ganze Geschichte ausführlich und auch, wer sie selbst sei, und wie Bertalda von den Fischersleuten weg, Undine aber dahin gekommen war. Die Jungfrau entsetzte sich anfänglich vor diesen Reden; sie glaubte, ihre Freundin sei von einem schnellen Wahnsinn befallen. Aber mehr und mehr überzeugte sie sich, dass alles wahr sei, an Undinens zusammenhängenden Worten, die zu den bisherigen Begebenheiten so gut passten, und noch mehr an dem inneren Gefühl, mit welchem sich die Wahrheit uns kund zu geben nie ermangelt. Es war ihr seltsam, dass sie nun selbst wie mitten in einem von den Märchen lebe, die sie sonst nur erzählen gehört. Sie starrte Undinen mit Ehrfurcht an, konnte sich aber eines Schauders, der zwischen sie und ihre Freundin trat, nicht mehr erwehren und musste sich beim Abendbrot sehr darüber wundern, wie der Ritter gegen ein Wesen so verliebt und freundlich tat, welches ihr seit den letzten Entdeckungen mehr gespenstisch als menschlich vorkam.

DREIZEHNTES KAPITEL

Wie sie auf Burg Ringstetten lebten

Der diese Geschichte aufschreibt, weil sie ihm das Herz bewegt und weil er wünscht, dass sie auch andern ein Gleiches tun möge, bittet dich, lieber Leser, um eine Gunst. Sieh es ihm nach, wenn er jetzt über einen ziemlich langen Zeitraum mit kurzen Worten hingeht und dir nur im Allgemeinen sagt, was sich darin begeben hat. Er weiß wohl, dass man es recht kunstgemäß und Schritt vor Schritt entwickeln könnte, wie Huldbrands Gemüt begann, sich von Undinen ab- und Bertalda zuzuwenden; wie Bertalda dem jungen Mann mit glühender Liebe immer mehr entgegenkam, und er und sie die arme Ehefrau als ein fremdartiges Wesen mehr zu fürchten als zu bemitleiden schienen, wie Undine weinte und ihre Tränen Gewissensbisse in des Ritters Herzen anregten, ohne jedoch die alte Liebe zu erwecken, sodass er ihr wohl bisweilen freundlich tat, aber ein kalter Schauer ihn bald von ihr weg- und dem Menschenkinde Bertalda entgegentrieb. Man könnte dies alles, weiß der Schreiber, ordentlich ausführen, vielleicht sollte man's auch. Aber das Herz tut ihm dabei allzu weh, denn er hat ähnliche Dinge erlebt und scheut sich in der Erinnerung auch noch vor ihrem Schatten. Du kennst wahrscheinlich ein ähnliches Gefühl, lieber Leser, denn so ist nun einmal der sterblichen Menschen Geschick. Wohl dir, wenn du dabei mehr empfangen als ausgeteilt hast, denn hier ist Nehmen seliger als Geben. Dann schleicht dir nur ein geliebter Schmerz bei solchen Erwähnungen durch die Seele und vielleicht eine linde Träne die Wange herab um deine verwelkten Blumenbeete, denen du dich so herzlich gefreut hattest. Damit sei es aber auch genug; wir wollen uns nicht mit tausendfach vereinzelten Stichen das Herz durchprickeln, sondern nur kurz dabei bleiben, dass es nun einmal so gekommen war, wie ich es vorhin sagte. Die arme Undine war sehr betrübt, die beiden anderen waren auch nicht eben vergnügt; sonderlich meinte Bertalda bei der geringsten Abweichung von dem, was sie wünschte, den eifersüchtigen Druck der beleidigten Hausfrau zu spüren. Sie hatte sich deshalb ordentlich ein herrisches Wesen angewöhnt, dem Undine in wehmütiger Entsagung nachgab, und das durch den verblendeten Huldbrand gewöhnlich aufs entschiedenste unterstützt ward.

Was die Burggesellschaft noch mehr verstörte, waren allerhand wunderliche Spukereien, die Huldbrand und Bertalda in den gewölbten Gängen des Schlosses begegneten, und von denen vorher seit Menschengedenken nichts gehört worden war. Der lange weiße Mann, in welchem Huldbrand den Oheim Kühleborn, Bertalda den gespenstischen Brunnenmeister nur allzu wohl erkannten, trat oftmals drohend vor beide, vorzüglich aber vor Bertalda hin, sodass diese schon einige Mal vor Schrecken krank daniedergelegen hatte und manchmal daran dachte, die Burg zu verlassen. Teils aber war ihr Huldbrand allzu lieb, und sie stützte sich dabei auf ihre Unschuld, weil es nie zu einer eigentlichen Erklärung unter ihnen gekommen war, teils auch wusste sie nicht, wohin sie sonst ihre Schritte richten sollte. Der alte Fischer hatte auf des Herrn von Ringstetten Botschaft, dass Bertalda bei ihm sei, mit einigen schwer zu lesenden Federzügen, so wie sie ihm Alter und lange Gewöhnung gestatteten, geantwortet: „Ich bin nun ein armer, alter Witwer geworden, denn meine liebe treue Frau ist mir gestorben. Wie sehr ich aber auch allein in der Hütte sitzen mag, Bertalda ist mir lieber dort als bei mir. Nur dass sie meiner lieben Undine nichts zuleide tue, sonst hätte sie meinen Fluch!" Die letzten Worte schlug Bertalda in den Wind, aber das wegen des Wegbleibens von dem Vater behielt sie gut, so wie wir Menschen in ähnlichen Fällen es immer zu machen pflegen.

Eines Tages war Huldbrand eben ausgeritten, als Undine das Hausgesinde versammelte, einen großen Stein herbeibringen ließ und den prächtigen Brunnen, der sich in der Mitte des Schlosshofes befand, sorgfältig damit zu bedecken befahl. Die Leute wandten ein, sie würden alsdann das Wasser weit unten aus dem Tale heraufzuholen haben. Undine lächelte wehmütig. „Es tut mir Leid um eure vermehrte Arbeit, liebe Kinder", entgegnete sie. „Ich möchte lieber selbst die Wasserkrüge heraufholen, aber dieser Brunnen muss nun einmal zu. Glaubt es mir aufs Wort, dass es nicht anders geht, und dass wir nur dadurch ein größeres Unheil zu vermeiden imstande sind."

Die ganze Dienerschaft freute sich, ihrer sanften Hausfrau gefällig sein zu können; man fragte nicht weiter, sondern ergriff den ungeheuren Stein. Dieser hob sich unter ihren Händen und schwebte bereits über dem Brunnen, da kam Bertalda gelaufen und rief, man solle innehalten; aus diesem Brunnen lasse sie das Waschwasser holen, welches ihrer Haut so vorteilhaft sei, und sie werde nimmermehr zugeben, dass man ihn verschließe. Undine aber blieb diesmal, obgleich auf gewohnte Weise sanft, dennoch auf ungewohnte Weise bei ihrer Meinung fest; sie sagte, als Hausfrau gebühre ihr, alle Anordnungen der Wirtschaft nach bester Überzeugung einzurichten, und niemand habe sie darüber Rechenschaft abzulegen als ihrem Ehegemahl und Herrn.

„Seht, o seht doch“, rief Bertalda unwillig und ängstlich, „das arme schöne Wasser kräuselt sich und windet sich, weil es vor der klaren Sonne versteckt werden soll und vor dem erfreulichen Anblick der Menschengesichter, zu deren Spiegel es erschaffen ist!“

In der Tat zischte und regte sich die Flut im Brunnen ganz wunderlich; es war, als wollte sich etwas daraus hervorringen, aber Undine drang nur umso ernstlicher auf die Erfüllung ihrer Befehle. Es brauchte dieses Ernstes kaum. Das Schlossgesinde war ebenso froh, seiner milden Herrin zu gehorchen, als Bertaldas Trotz zu brechen, und so ungebärdig diese auch schelten und drohen mochte, lag dennoch in kurzer Zeit der Stein über der Öffnung des Brunnens fest. Undine lehnte sich sinnend darüber hin und schrieb mit den schönen Fingern auf die Fläche. Sie musste aber wohl etwas sehr Scharfes und Ätzendes dabei in der Hand gehabt haben, denn als sie sich abwandte und die andern näher hinzutraten, nahmen sie allerhand seltsame Zeichen auf dem Stein wahr, die keiner vorher an demselben gesehen haben wollte.

Den heimkehrenden Ritter empfing am Abend Bertalda mit Tränen und Klagen über Undinens Verfahren. Er warf ernste Blicke auf diese, und die arme Frau sah betrübt vor sich nieder. Doch sagte sie mit großer Fassung: „Mein Herr und Ehegemahl schilt ja keinen Leibeigenen, bevor er ihn hört, wie minder dann sein angetrautes Weib.“

„Sprich, was dich zu jener seltsamen Tat bewog“, sagte der Ritter mit finsterem Antlitz. „Ganz allein möchte ich es dir sagen!“, seufzte Undine. „Du kannst es ebenso gut in Bertaldas Gegenwart“, entgegnete er. „Ja, wenn du es gebeutst“, sagte Undine, „aber gebeut es nicht! O bitte, bitte, gebeut es nicht!“

Sie sah so demütig, hold und gehorsam aus, dass des Ritters Herz sich einem Sonnenblick aus besseren Zeiten erschloss. Er fasste sie freundlich unter den Arm und führte sie in sein Gemach, wo sie folgendermaßen zu sprechen begann:

„Du kennst ja den bösen Oheim Kühleborn, mein geliebter Herr, und bist ihm öfters unwillig in den Gängen dieser Burg begegnet. Bertalda hat er gar bisweilen zum Krankwerden erschreckt. Das macht, er ist seelenlos, ein bloßer elementarischer Spiegel der Außenwelt, der das Innere nicht wiederzustrahlen vermag. Da sieht er denn bisweilen, dass du unzufrieden mit mir bist, dass ich in meinem kindischen Sinne darüber weine, dass Bertalda vielleicht eben in derselben Stunde zufällig lacht. Nun bildet er sich allerhand Ungleiches ein und mischt sich auf vielfache Weise ungebeten in unseren Kreis. Was hilft's, dass ich ihn ausschelte, dass ich ihn unfreundlich wegschicke? Er glaubt mir nicht ein Wort. Sein armes Leben hat keine Ahnung davon, wie Liebesleiden und Liebesfreuden einander so anmutig gleich sehn und so innig verschwistert sind, dass keine Gewalt sie zu trennen vermag. Unter der Träne quillt das Lächeln hervor, das Lächeln lockt die Träne aus ihren Kammern."

Sie sah lächelnd und weinend nach Huldbrand in die Höhe, der allen Zauber der alten Liebe wieder in seinem Herzen empfand. Sie fühlte das, drückte ihn inniger an sich und fuhr unter freudigen Tränen also fort: „Da sich der Friedensstörer nicht mit Worten weisen ließ, musste ich wohl die Tür vor ihm zusperren. Und die einzige Tür, die er zu uns hat, ist jener Brunnen. Mit den andern Quellgeistern hier in der Gegend ist er entzweit, von den nächsten Tälern an; und erst weiterhin auf der Donau, wenn einige seiner guten Freunde hineingeströmt sind, fängt sein Reich wieder an. Darum ließ ich den Stein über des Brunnens Öffnung wälzen und schrieb Zeichen darauf, die alle Kraft des eifernden Oheims lähmen, sodass er nun weder dir, noch mir, noch Bertalda in den Weg kommen soll. Menschen freilich können trotz der Zeichen mit ganz gewöhnlichem Bemühen den Stein wieder abheben; die hindert es nicht. Willst du also, so tu nach Bertaldas Begehr, aber wahrhaftig, sie weiß nicht, um was sie bittet. Auf sie hat es der ungezogene Kühleborn ganz vorzüglich abgesehen, und wenn manches käme, was er mir prophezeien wollte und was doch wohl geschehen könnte, ohne dass du es übel meintest – ach, Lieber, so wärst ja auch du nicht außer Gefahr!"

Huldbrand fühlte tief im Herzen die Großmut seiner holden Frau, wie sie ihren furchtbaren Beschützer so emsig aussperrte, und noch dazu von Bertalda darüber gescholten worden war. Er drückte sie daher aufs liebreichste in seine Arme und sagte gerührt: „Der Stein bleibt liegen, und alles bleibt und soll immer bleiben, wie du es haben willst, mein holdes Undinchen!"

Sie schmeichelte ihm, demütig-froh über die lang entbehrten Worte der Liebe, und sagte endlich: „Mein allerliebster Freund, da du heute so überaus mild und gütig bist, dürfte ich es wohl wagen, dir eine Bitte vorzutragen? Sieh nur, es ist mit dir wie mit dem Sommer. Eben in seiner besten Herrlichkeit setzt sich der flammende und donnernde Kronen von schönen Gewittern auf, darin er als rechter König und Erdengott anzusehen ist. So schiltst auch du bisweilen und wetterleuchtest mit Zunge und Augen, und das steht dir sehr gut, wenn ich auch bisweilen in meiner Torheit darüber zu weinen anfange. Aber tu das nie gegen mich auf einem Wasser oder wo wir auch nur einem Gewässer nahe sind. Siehe, dann bekämen die Verwandten ein Recht über mich. Unerbittlich würden sie mich von dir reißen in ihrem Grimm, weil sie meinten, dass eine ihres Geschlechts beleidigt sei, und ich müsste lebenslang drunten in den Kristallpalästen wohnen und dürfte nie wieder zu dir herauf, oder sendeten sie mich zu dir herauf – o Gott! – dann wär es wohl noch unendlich schlimmer.

Nein, nein, du süßer Freund, dahin lass es nicht kommen, so lieb dir die arme Undine ist!"

Er verhieß feierlich zu tun, wie sie begehrte, und die beiden Eheleute traten unendlich froh und liebevoll wieder aus dem Gemach. Da kam Bertalda mit einigen Werkleuten, die sie unterdes schon hatte bescheiden lassen, und sagte mit einer mürrischen Art, die sie sich seither angenommen hatte: „Nun ist doch wohl das geheime Gespräch zu Ende, und der Stein kann herab. Geht nur hin, ihr Leute, und richtet's aus!"

Der Ritter aber, ihre Unart empört fühlend, sagte in kurzen und sehr ernstlichen Worten: „Der Stein bleibt liegen." Auch verwies er Bertalda ihre Heftigkeit gegen seine Frau, worauf die Werkleute mit heimlich-vergnügtem Lächeln fortgingen, Bertalda aber von der andern Seite erbleichend nach ihren Zimmern eilte.

Die Stunde des Abendessens kam heran, und Bertalda ließ sich vergeblich erwarten. Man schickte nach ihr; da fand der Kämmerling ihre Gemächer leer und brachte nur ein versiegeltes Blatt, an den Ritter überschrieben, mit zurück. Dieser öffnete es bestürzt und las:

„Ich fühle mit Beschämung, wie ich nur eine arme Fischerdirne bin. Dass ich es auf Augenblicke vergaß, will ich in der ärmlichen Hütte meiner Eltern büßen. Lebt wohl mit Eurer schönen Frau!"

Undine war von Herzen betrübt. Sie bat Huldbrand inbrünstig, der entflohenen Freundin nachzueilen und sie wieder mit zurückzubringen. Ach, sie hatte nicht nötig zu treiben! Seine Neigung für Bertalda brach wieder heftig hervor. Er eilte im ganzen Schloss umher, fragend, ob niemand gesehen habe, welchen Weges die schöne Flüchtige gegangen sei. Er konnte nichts erfahren und saß schon im Burghofe zu Pferde, entschlossen, aufs Geratewohl dem Wege nachzureiten, den er Bertalda hierher geführt hatte. Da kam ein Schildbub und versicherte, er sei dem Fräulein auf dem Pfade nach dem Schwarztale begegnet. Wie ein Pfeil sprengte der Ritter durch das Tor der angewiesenen Richtung nach, ohne Undinens ängstliche Stimme zu hören, die ihm aus dem Fenster nachrief: „Nach dem Schwarztal? O dahin nicht, Huldbrand, dahin nicht!

Oder um Gottes willen nimm mich mit!“ Als sie aber all ihr Rufen vergeblich sah, ließ sie eilig ihren weißen Zelter satteln und trabte dem Ritter nach, ohne irgendeines Dieners Begleitung annehmen zu wollen.

VIERZEHNTES KAPITEL

Wie Bertalda mit dem Ritter heimfuhr

Das Schwarztal liegt tief in das Gebirge hinein. Wie es jetzo heißt, kann man nicht wissen. Damals nannten es die Landleute so wegen der tiefen Dunkelheit, welche von hohen Bäumen, worunter es vorzüglich viele Tannen gab, in die Niederung heruntergestreut ward. Selbst der Bach, der zwischen den Klippen hinsprudelte, sah davon ganz schwarz aus und gar nicht so fröhlich, wie es Gewässer wohl zu tun pflegen, die den blauen Himmel unmittelbar über sich haben. Nun, in der hereinbrechenden Dämmerung war es vollends sehr wild und finster zwischen den Höhen geworden. Der Ritter trabte ängstlich die Bachesufer entlang, er fürchtete bald durch Verzögerung die Flüchtige zu weit vorauszulassen, bald wieder in der großen Eile sie irgendwo, sofern sie sich vor ihm verstecken wolle, zu übersehen. Er war indes schon ziemlich tief in das Tal hineingekommen und konnte nun denken, das Mägdlein bald eingeholt zu haben, wenn er anders auf der rechten Spur war. Die Ahnung, dass er das auch wohl nicht sein könne, trieb sein Herz zu immer ängstlicheren Schlägen. Wo sollte die zarte Bertalda bleiben, wenn er sie nicht fand, in der drohenden Wetternacht, die sich immer furchtbarer über das Tal hereinbog? Da sah er endlich etwas Weißes am Hange des Berges durch die Zweige schimmern, er glaubte Bertaldas Gewand zu erkennen und machte sich hinzu. Sein Ross aber wollte nicht hinan; es bäumte sich so ungestüm und er wollte so wenig Zeit verlieren, dass er – zumal da ihm wohl ohnehin zu Pferde das Gesträuch allzu hinderlich geworden wäre – absaß und den schnaubenden Hengst an eine Rüster band, worauf er sich dann vorsichtig durch die Büsche hinarbeitete. Die Zweige schlugen ihm unfreundlich Stirn und Wangen mit der kalten Nässe des Abendtaues; ein ferner Donner murmelte jenseits der Berge hin; es sah alles so seltsam aus, dass er anfing, eine Scheu vor der weißen Gestalt zu empfinden, die nun schon unfern von ihm am Boden lag. Doch konnte er ganz deutlich unterscheiden, dass es ein schlafendes oder ohnmächtiges Frauenzimmer in langen, weißen Gewändern war, wie sie Bertalda heute getragen hatte. Er trat dicht vor sie hin, rauschte an den Zweigen, klirrte an seinem Schwert – sie regte sich nicht.

„Bertalda", sprach er erst leise, dann immer lauter – sie hörte nicht. Als er zuletzt den teuren Namen mit gewaltsamer Anstrengung rief, hallte ein dumpfes Echo aus den Berghöhlen des Tales lallend zurück: „Bertalda!" – aber die Schläferin blieb ungeweckt. Er beugte sich zu ihr nieder; die Dunkelheit des Tales und der einbrechenden Nacht ließen keinen ihrer Gesichtszüge unterscheiden. Als er sich nun eben mit einigem gramvollen Zweifel ganz nahe zu ihr an den Boden gedrückt hatte, fuhr ein Blitz schnell erleuchtend über das Tal hin. Er sah ein abscheulich verzerrtes Antlitz dicht vor sich, das mit dumpfer Stimme rief: „Gib mir 'nen Kuss, du verliebter Schäfer!"

Vor Entsetzen schreiend, fuhr Huldbrand in die Höhe, die hässliche Gestalt ihm nach. „Zu Haus!", murmelte sie, „die Unholde sind wach. Zu Haus, sonst hab ich dich!" Und es griff nach ihm mit langen, weißen Armen. „Tückischer Kühleborn", rief der Ritter, sich ermannend, „was gilts, du bist es, du Kobold! Da hast du 'nen Kuss!" Und wütend hieb er mit dem Schwerte gegen die Gestalt. Aber die zerstob, und ein durchnässender Wasserguss ließ dem Ritter keinen Zweifel darüber, mit welchem Feinde er gestritten habe.

„Er will mich zurückschrecken von Bertalda", sagte er laut zu sich selbst; „er denkt, ich soll mich vor seinen albernen Spukereien fürchten und ihm das arme, geängstigte Mädchen hingeben, damit er sie seine Rache könnte fühlen lassen. Das soll er doch nicht, der schwächliche Elementargeist! Was eine Menschenbrust vermag, wenn sie so recht will, so recht aus ihrem besten Leben will, das versteht der ohnmächtige Gaukler nicht."

Er fühlte die Wahrheit seiner Worte, und dass er sich selbst dadurch einen ganz erneuten Mut in das Herz gesprochen habe. Auch schien es, als träte das Glück mit ihm in Bund, denn noch war er nicht wieder bei seinem angebundenen Ross, da hörte er schon ganz deutlich Bertaldas klagende Stimme, wie sie unfern von ihm durch das immer lauter werdende Geräusch des Donners und Sturmwindes herüberweinte. Beflügelten Fußes eilte er dem Schalle nach und fand die erbebende Jungfrau, wie sie eben die Höhe hinanzuklimmen versuchte, um sich auf alle Weise aus dem schaurigen Dunkel dieses Tales zu retten. Er aber trat ihr liebkosend in den Weg, und so kühn und stolz auch früher ihr Entschluss mochte gewesen sein, empfand sie doch jetzt nur allzu lebendig das Glück, dass ihr im Herzen geliebter Freund sie aus der furchtbaren Einsamkeit erlöse, und das helle Leben in der befreundeten Burg so anmutige Arme nach ihr ausstrecke. Sie folgte fast ohne Widerspruch, aber so ermattet, dass der Ritter froh war, sie bis zu seinem Rosse geleitet zu haben, welches er nun eilig losknüpfte, um die schöne Wanderin hinaufzuheben und es alsdann am Zügel durch die ungewissen Schatten der Talgegend vorsichtig sich nachzuleiten. Aber das Pferd war ganz verwildert durch Kühleborns tolle Erscheinung. Selbst der Ritter würde Mühe gebraucht haben, auf des schäumenden, wildschnaubenden Tieres Rücken zu springen; die zitternde Bertalda hinaufzuheben war eine Unmöglichkeit. Man beschloss also, zu Fuß heimzukehren. Das Ross am Zügel nachzerrend, unterstützte der Ritter mit der andern Hand das schwankende Mägdelein. Bertalda machte sich so stark wie möglich, um den furchtbaren Talgrund schnell zu durchwandeln, aber wie Blei zog die Müdigkeit sie herab, und zugleich bebten ihr alle Glieder zusammen, teils noch von mancher überstandenen Angst, womit Kühleborn sie vorwärts gehetzt hatte, teils auch in der fortdauernden Bangigkeit vor dem Geheul des Sturmes und Donners durch die Waldung des Gebirges.

Endlich entglitt sie dem stützenden Arm ihres Führers, und, auf das Moos hingesunken, sagte sie: „Lasst mich nur hier liegen, edler Herr! Ich büße meiner Torheit Schuld und muss nun doch auf alle Weise hier verkommen vor Mattigkeit und Angst."

„Nimmermehr, holde Freundin, verlass ich Euch!", rief Huldbrand, vergeblich bemüht, den brausenden Hengst an seiner Hand zu bändigen, der ärger als vorhin zu tosen und zu schäumen begann; der Ritter war endlich nur froh, dass er ihn von der hingesunkenen Jungfrau fern genug hielt, um sie nicht durch die Furcht vor ihm noch mehr zu erschrecken. Wie er sich aber mit dem tollen Pferde nur kaum einige Schritte entfernte, begann sie auch gleich ihm auf das allerjämmerlichste nachzurufen, des Glaubens, er wolle sie wirklich hier in der entsetzlichen Wildnis verlassen. Er wusste gar nicht mehr, was er beginnen sollte. Gern hätte er dem wütenden Tiere volle Freiheit gegeben, durch die Nacht hinzustürmen und seine Raserei auszutoben, hätte er nur nicht fürchten müssen, es würde in diesem engen Pass mit seinen beerzten Hufen eben über die Stelle hindonnern, wo Bertalda lag.

Während dieser großen Not und Verlegenheit war es ihm unendlich trostreich, dass er einen Wagen langsam den steinigen Weg hinter sich herabfahren hörte. Er rief um Beistand; eine männliche Stimme antwortete, verwies ihn zur Geduld, aber versprach zu helfen, und bald darauf leuchteten schon zwei Schimmel durch das Gebüsch, der weiße Kärrnerkittel ihres Führers nebenher, worauf sich denn auch die große weiße Leinwand sehen ließ, mit welcher die Waren, die er bei sich führen mochte, überdeckt waren. Auf ein lautes „Brr!“ aus dem Munde ihres Herrn standen die gehorsamen Schimmel. Er kam gegen den Ritter heran und half ihm das schäumende Tier bändigen. „Ich merke wohl“, sagte er dabei, „was der Bestie fehlt. Als ich zuerst durch diese Gegend zog, ging es meinen Pferden nicht besser. Das macht, hier wohnt ein böser Wassernix, der an solchen Neckereien Lust hat. Aber ich hab ein Sprüchlein gelernt; wenn Ihr mir vergönnen wollet, dem Rosse das ins Ohr zu sagen, so sollt es gleich so ruhig stehen wie meine Schimmel da.“

„Versucht Euer Heil und helft nur bald!“, schrie der ungeduldige Ritter. Da bog der Fuhrmann den Kopf des bäumenden Pferdes zu sich herunter und sagte ihm einige Worte ins Ohr. Augenblicklich stand der Hengst gezähmt und friedlich still, und nur ein erhitztes Keuchen und Dampfen zeugte noch von der vorherigen Unbändigkeit. Es war nicht viel Zeit für Huldbrand, lange zu fragen, wie dies zugegangen sei. Er ward mit dem Kärrner einig, dass er Bertalda auf den Wagen nehmen sollte, wo – seiner Aussage nach – die weichste Baumwolle in Ballen lag, und so möge er sie bis nach Burg Ringstetten führen; der Ritter wolle den Zug zu Pferde begleiten. Aber das Ross schien von seinem vorigen Toben zu erschöpft, um noch seinen Herrn so weit zu tragen, weshalb diesem der Kärrner zuredete, mit Bertalda in den Wagen zu steigen. Das Pferd könne man ja hinten anbinden.

„Es geht bergunter“, sagte er, „und da wird's meinen Schimmeln leicht.“ Der Ritter nahm dies Anerbieten an, er bestieg mit Bertalda den Wagen, der Hengst folgte geduldig nach, und rüstig und achtsam schritt der Fuhrmann nebenher.

In der Stille der tiefer dunkelnden Nacht, aus der das Gewitter immer ferner und schweigsamer abdonnerte, in dem behaglichen Gefühl der Sicherheit und des bequemen Fortkommens entspann sich zwischen Huldbrand und Bertalda ein trauliches Gespräch. Mit schmeichelnden Worten schalt er sie um ihr trotziges Flüchten; mit Demut und Rührung entschuldigte sie sich, und aus allem, was sie sprach, leuchtete es hervor gleich einer Lampe, die dem Geliebten zwischen Nacht und Geheimnis kundgibt, die Geliebte harre noch sein. Der Ritter fühlte den Sinn dieser Reden weit mehr, als dass er auf die Bedeutung der Worte Acht gegeben hätte, und antwortete auch einzig auf jenen. Da rief der Fuhrmann plötzlich mit kreischender Stimme: „Hoch, ihr Schimmel! Hoch den Fuß! Nehmt euch zusammen, Schimmel, denkt hübsch, was ihr seid!“

Der Ritter beugte sich aus dem Wagen und sah, wie die Pferde mitten im schäumenden Wasser dahinschritten oder fast schon schwammen, des Wagens Räder wie Mühlenräder blinkten und rauschten, der Kärrner vor der wachsenden Flut auf das Fuhrwerk gestiegen war. „Was soll das für ein Weg sein? Der geht ja mitten in den Strom!“, rief Huldbrand seinem Führer zu.

„Nein, Herr“, lachte dieser zurück, „es ist grad umgekehrt. Der Strom geht mitten in unsern Weg. Seht Euch nur um, wie alles übergetreten ist.“

In der Tat wogte und rauschte der ganze Talgrund von plötzlich empörten, sichtbar steigenden Wellen. „Das ist der Kühleborn, der böse Wassernix, der uns ersäufen will!“, rief der Ritter. „Weißt du kein Sprüchlein wider ihn, Gesell?“

„Ich wüsste wohl eins“, sagte der Fuhrmann, „aber ich kann und mag es nicht eher brauchen, als bis Ihr wisst, wer ich bin.“ „Ist es hier Zeit zu rätseln?“, schrie der Ritter. „Die Flut steigt immer höher, und was geht es mich an, zu wissen, wer du bist?“ „Es geht Euch aber doch was an“, sagte der Fuhrmann, „denn ich bin Kühleborn.“ Damit lachte er verzerrten Antlitzes zum Wagen herein, aber der Wagen blieb nicht Wagen mehr, die Schimmel nicht Schimmel; alles verschäumte, verrann in zischenden Wogen, und selbst der Fuhrmann bäumte sich als eine riesige Welle empor, riss den vergeblich arbeitenden Hengst unter die Gewässer hinab und wuchs dann wieder und wuchs über den Häuptern des schwimmenden Paares wie zu einem feuchten Turme an und wollte sie eben rettungslos begraben.

Da scholl Undines anmutige Stimme durch das Getöse hin; der Mond trat aus den Wolken, und mit ihm ward Undine auf den Höhen des Talgrundes sichtbar. Sie schalt, sie drohte in die Fluten hinab, die drohende Turmeswoge verschwand murrend und murmelnd; leise rannen die Wasser im Mondglanze dahin, und wie eine weiße Taube sah man Undine von der Höhe hinabtauchen, den Ritter und Bertalda erfassen und mit sich nach einem frischen grünen Rasenfleck auf der Höhe emporheben, wo sie mit ausgesuchten Labungen Ohnmacht und Schrecken vertrieb; dann half sie Bertalda zu dem weißen Zelter, der sie selbst hergetragen hatte, hinaufheben, und so gelangten alle drei nach Burg Ringstetten zurück.

FÜNFZEHNTES KAPITEL

Die Reise nach Wien

Es lebte sich seit der letzten Begebenheit still und ruhig auf dem Schloss. Der Ritter erkannte mehr und mehr seiner Frau himmlische Güte, die sich durch ihr Nacheilen und Retten im Schwarztale, wo Kühleborns Gewalt wieder anging, so herrlich offenbart hatte; Undine selbst empfand den Frieden und die Sicherheit, deren ein Gemüt nie ermangelt, solange es mit Besonnenheit fühlt, dass es auf dem rechten Wege sei, und zudem gingen ihr in der neu erwachenden Liebe und Achtung ihres Ehemannes vielfache Schimmer der Hoffnung und Freude auf. Bertalda hingegen zeigte sich dankbar, demütig und scheu, ohne dass sie wieder diese Äußerungen als etwas Verdienstliches angeschlagen hätte. Sooft ihr einer der Eheleute über die Verdeckung des Brunnens oder über die Abenteuer im Schwarztale irgendetwas Erklärendes sagen wollte, bat sie inbrünstig, man möge sie damit verschonen, weil sie wegen des Brunnens allzu viele Beschämung und wegen des Schwarztales allzu viele Schrecken empfinde. Sie erfuhr daher auch von beiden weiter nichts; und wozu schien es auch nötig zu sein? Der Friede und die Freude hatten ja ihren sichtbaren Wohnsitz in Burg Ringstetten genommen. Man ward darüber ganz sicher und meinte, nun könne das Leben gar nichts mehr tragen als anmutige Blumen und Früchte.

In so erlabenden Verhältnissen war der Winter gekommen und vorübergegangen, und der Frühling sah mit seinen hellgrünen Sprossen und seinem lichtblauen Himmel zu den fröhlichen Menschen herein. Ihm war zumut wie ihnen, und ihnen wie ihm. Was Wunder, dass seine Störche und Schwalben auch in ihnen die Reiselust anregten! Während sie einmal nach den Donauquellen hinab lustwandelten, erzählte Huldbrand von der Herrlichkeit des edlen Stromes und wie er wachsend durch gesegnete Länder fließe, wie das köstliche Wien an seinen Ufern emporglänze und er überhaupt mit jedem Schritte seiner Fahrt an Macht und Lieblichkeit gewinne. „Es müsste herrlich sein, ihn so bis Wien einmal hinabzufahren!“, brach Bertalda aus, aber gleich darauf in ihre jetzige Demut und Bescheidenheit zurückgesunken, schwieg sie errötend still. Eben dies rührte Undine sehr, und im lebhaftesten Wunsch, der lieben Freundin eine Lust zu machen, sagte sie: „Wer hindert uns denn, die Reise anzutreten?“

Bertalda hüpfte vor Freuden in die Höhe, und die beiden Frauen begannen sogleich sich die anmutige Donaufahrt mit den allerhellsten Farben vor die Sinne zu rufen. Auch Huldbrand stimmte fröhlich darin ein; nur sagte er einmal besorgt Undine ins Ohr: „Aber weiterhin ist Kühleborn wieder gewaltig!“ „Lass ihn nur kommen“, entgegnete sie lachend, „ich bin ja dabei, und vor mir wagt er sich mit keinem Unheil hervor.“

Damit war das letzte Hindernis behoben, man rüstete sich zur Fahrt und trat sie alsbald mit frischem Mut und den heitersten Hoffnungen an.

Wundert euch aber nur nicht, ihr Menschen, wenn es dann immer ganz anders kommt, als man gemeint hat. Die tückische Macht, welche lauert, uns zu verderben, singt ihr auserkorenes Opfer gern mit süßen Liedern und goldenen Märchen in den Schlaf. Dagegen pocht der rettende Himmelsbote oftmals scharf und erschreckend an unsere Tür.

Sie waren die ersten Tage ihrer Donaufahrt hindurch außerordentlich vergnügt gewesen. Es ward auch alles immer besser und schöner, so wie sie den stolzen, flutenden Strom weiter hinunterschifften. Aber in einer sonst höchst anmutigen Gegend, von deren erfreulichem Anblick sie sich die beste Freude versprochen hatten, fing der unbändige Kühleborn ganz unverhohlen an, seine hier eingreifende Macht zu zeigen. Es blieben zwar bloß Neckereien, weil Undine oftmals in die empörten Wellen oder in die hemmenden Winde hineinschalt und sich dann die Gewalt des Feindseligen augenblicklich in Demut ergab; aber wieder kamen die Angriffe, und wieder brauchte es der Mahnung Undinens, sodass die Lustigkeit der kleinen Reisegesellschaft eine gänzliche Störung erlitt. Dabei zischelten sich noch immer die Fährleute zagend in die Ohren und sahen misstrauisch auf die drei Herrschaften, deren Diener selbst mehr und mehr etwas Unheimliches zu ahnen begannen und ihre Gebieter mit seltsamen Blicken verfolgten. Huldbrand sagte öfters bei sich im stillen Gemüte: Das kommt davon, wenn gleich sich nicht zu gleich gesellt, wenn Mensch und Meerfräulein ein wunderliches Bündnis schließen. Sich entschuldigend, wie wir es denn überhaupt lieben, dachte er freilich oftmals dabei: ich hab es ja nicht gewusst, dass sie ein Meerfräulein war. Mein ist das Unheil, das jeden meiner Schritte durch der tollen Verwandtschaft Grillen bannt und stört, aber mein ist nicht die Schuld.

Durch solcherlei Gedanken fühlte er sich einigermaßen gestärkt, aber dagegen ward er immer verdrießlicher, ja feindseliger wider Undine gestimmt. Er sah sie schon mit mürrischen Blicken an, und die arme Frau verstand deren Bedeutung wohl. Dadurch und durch die beständige Anstrengung wider Kühleborns Listen erschöpft, sank sie gegen Abend, von der sanft gleitenden Barke angenehm gewiegt, in einen tiefen Schlaf.

Kaum aber, dass sie die Augen geschlossen hatte, so wähnte jedermann im Schiffe nach der Seite, wo er gerade hinaussah, ein ganz abscheuliches Menschenhaupt zu erblicken, das sich aus den Wellen emporhob, nicht wie das eines Schwimmenden, sondern ganz senkrecht, wie auf dem Wasserspiegel gerade eingepfählt, aber mitschwimmend, so wie die Barke schwamm. Jeder wollte dem andern zeigen, was ihn erschreckte, und jeder fand zwar auf des andern Gesicht das gleiche Entsetzen, Hand und Auge aber nach einer andern Richtung hinzeigend, als wo ihm selbst das halb lachende, halb dräuende Scheusal vor Augen stand. Wie sie sich nun aber einander darüber verständigen wollten und alles rief: „Sieh dorthin, nein dorthin!" – da wurden jedwedem die Gräuelbilder aller sichtbar, und die ganze Flut um das Schiff her wimmelte von den entsetzlichsten Gestalten. Von dem Geschrei, das sich darüber erhob, erwachte Undine. Vor ihren aufgehenden Augenlichtern verschwand der missgeschaffenen Gesichter tolle Schar. Aber Huldbrand war empört über so viele hässliche Gaukeleien. Er wäre in wilde Verwünschungen ausgebrochen, nur dass Undine mit den demütigsten Blicken und ganz leise bittend sagte: „Um Gott, mein Eheherr, wir sind auf den Fluten; zürne jetzt nicht auf mich!"

Der Ritter schwieg, setzte sich und versank in ein tiefes Nachdenken. Undine sagte ihm ins Ohr: „Wär es nicht besser, mein Liebling, wir ließen die törichte Reise und kehrten nach Burg Ringstetten in Frieden zurück?" Aber Huldbrand murmelte feindselig: „Also ein Gefangener soll ich sein in meiner eigenen Burg und atmen nur können, solange der Brunnen zu ist? So wollt ich, dass die tolle Verwandtschaft ..." Da drückte Undine schmeichelnd ihre schöne Hand auf seine Lippen. Er schwieg auch und hielt sich still, so manches, was ihm Undine früher gesagt hatte, erwägend.

Indessen hatte Bertalda sich allerhand seltsam umschweifenden Gedanken überlassen. Sie wusste vieles von Undinens Herkommen und doch nicht alles, und vorzüglich war ihr der furchtbare Kühleborn ein schreckliches, aber noch immer ganz dunkles Rätsel geblieben, sodass sie nicht einmal seinen Namen je vernommen hatte. Über all diese wunderlichen Dinge nachsinnend, knüpfte sie – ohne sich dessen recht bewusst zu werden – ein goldenes Halsband los, welches ihr Huldbrand auf einer der letzten Tagereisen von einem herumziehenden Handelsmann gekauft hatte, und ließ es dicht über der Oberfläche des Flusses spielen, sich halb träumend an dem lichten Schimmer ergötzend, den es in die abendhellen Gewässer warf. Da griff plötzlich eine große Hand aus der Donau herauf, erfasste das Halsband und fuhr damit unter die Fluten. Bertalda schrie laut auf, und ein höhnisches Gelächter schallte aus den Tiefen des Stromes drein. Nun hielt sich des Ritters Zorn nicht länger. Aufspringend schalt er in die Gewässer hinein, verwünschte alle, die sich in seine Verwandtschaft und sein Leben drängen wollten, und forderte sie auf, Nix oder Sirene, sich vor sein blankes Schwert zu stellen. Bertalda weinte indes um den verlorenen, ihr so innig lieben Schmuck und goss mit ihren Tränen Öl in des Ritters Zorn, während Undine ihre Hand über den Schiffsbord in die Wellen getaucht hielt, in einem fort sacht vor sich hinmurmelnd und nur manchmal ihr seltsam-heimliches Geflüster unterbrechend, indem sie bittend zu ihrem Eheherrn sprach: „Mein Herzlichlieber, hier schilt mich nicht, schilt alles, was du willst, aber hier mich nicht! Du weißt ja."

Und wirklich enthielt sich seine vor Zorn stammelnde Zunge noch jedes Wortes unmittelbar wider sie. Da brachte sie mit der feuchten Hand, die sie unter den Wogen gehalten hatte, ein wunderschönes Korallenhalsband hervor, so herrlich blitzend, dass allen davon die Augen fast geblendet wurden. „Nimm hin", sagte sie, es Bertalda freundlich hinhaltend, „das hab ich dir zum Ersatz bringen lassen, und sei nicht weiter betrübt, du armes Kind." Aber der Ritter sprang dazwischen. Er riss den schönen Schmuck Undinen aus der Hand, schleuderte ihn wieder in den Fluss und schrie wutentbrannt: „So hast du denn immer Verbindung mit ihnen? Bleib bei ihnen in aller Hexen Namen mit all deinen Geschenken und lass uns Menschen zufrieden, Gauklerin du!"

Starren, aber tränenströmenden Blickes sah ihn die arme Undine an, noch immer die Hand ausgestreckt, mit welcher sie Bertalda ihr hübsches Geschenk so freundlich hatte hinreichen wollen. Dann fing sie immer herzlicher an zu weinen, wie ein recht unverschuldet und recht bitterlich gekränktes liebes Kind. Endlich sagte sie ganz matt: „Ach, holder Freund, ach, lebe wohl! Sie sollen dir nichts tun; nur bleibe treu, dass ich sie dir abwehren kann. Ach, aber fort muss ich, muss fort auf diese ganze junge Lebenszeit. O weh, o weh, was hast du angerichtet! O weh, o weh!"

Und über den Rand der Barke schwand sie hinaus. Stieg sie hinüber in die Flut, verströmte sie darin, man wusst' es nicht, es war wie beides und wie keins. Bald aber war sie in die Donau ganz verronnen; nur flüsterten noch kleine Wellchen schluchzend um den Kahn, und fast vernehmlich war's, als sprächen sie: O weh, o weh! Ach bleibe treu! O weh!

Huldbrand aber lag in heißen Tränen auf dem Verdeck des Schiffes, und eine tiefe Ohnmacht hüllte den Unglücklichen bald in ihre mildernden Schleier ein.

SECHZEHNTES KAPITEL

Von Huldbrands fürderm Ergehen

Soll man sagen: leider, oder: zum Glück, dass es mit unserer Trauer keinen rechten Bestand hat? Ich meine, mit unserer so recht tiefen und aus dem Borne des Lebens schöpfenden Trauer, die mit dem verlorenen Geliebten so eines wird, dass es ihr nicht mehr verloren ist und sie ein geweihtes Priestertum an seinem Bilde durch das ganze Leben durchführen will, bis die Schranke, die ihm gefallen ist, auch uns zerfällt. Freilich bleiben wohl gute Menschen wirklich solche Priester, aber es ist doch nicht die erste, rechte Trauer mehr. Andre, fremdartige Bilder haben sich dazwischengedrängt; wir erfahren endlich die Vergänglichkeit aller irdischen Dinge sogar an unserm Schmerz, und so muss ich denn sagen: leider, dass es mit unserer Trauer keinen rechten Bestand hat! Der Herr von Ringstetten erfuhr das auch; ob zu seinem Heile, werden wir im Verfolg dieser Geschichte hören. Anfänglich konnte er nichts, als immer recht bitterlich weinen, wie die arme, freundliche Undine geweint hatte, als er ihr den blanken Schmuck aus der Hand riss, mit dem sie alles so schön und gut machen wollte. Und dann streckte er die Hand aus, wie sie es getan hätte, und weinte immer wieder von neuem, wie sie. Er hegte die heimliche Hoffnung, endlich auch ganz in Tränen zu verrinnen; und ist nicht selbst manchem von uns andern in großem Leide der ähnliche Gedanke mit schmerzender Lust durch den Sinn gezogen? Bertalda weinte mit, und sie lebten lange ganz still beieinander auf Burg Ringstetten, Undinens Andenken feiernd und der ehemaligen Neigung fast gänzlich vergessen habend. Dafür kam auch um diese Zeit oftmals die gute Undine zu Huldbrands Träumen; sie streichelte ihn sanft und freundlich und ging dann still weinend wieder fort, sodass er im Erwachen oftmals nicht recht wusste, wovon seine Wangen so nass waren: kam es von ihren oder bloß von seinen Tränen?

Die Traumgesichte wurden aber mit der Zeit seltener, der Gram des Ritters matter, und dennoch hätte er vielleicht nie in seinem Leben einen andern Wunsch gehegt, als so stille fort Undinens zu gedenken und von ihr zu sprechen, wäre nicht der alte Fischer unvermutet auf dem Schloss erschienen und hätte Bertalda nun allen Ernstes als sein Kind zurückverlangt. Undinens Verschwinden war ihm kund geworden, und er wollte es nicht länger zugeben, dass Bertalda bei dem unverehelichten Herrn auf der Burg verweile. „Denn, ob meine Tochter mich lieb hat oder nicht", sprach er, „will ich jetzt gar nicht wissen, aber die Ehrbarkeit ist im Spiel, und wo die spricht, hat nichts andres mehr mitzureden."

Diese Gesinnung des alten Fischers und die Einsamkeit, die den Ritter aus allen Sälen und Gängen der verödeten Burg schauerlich nach Bertaldas Abreise zu erfassen drohte, brachten zum Ausbruch, was früher entschlummert und in dem Gram über Undinen ganz vergessen war: die Neigung Huldbrands für die schöne Bertalda. Der Fischer hatte vieles gegen die vorgeschlagene Heirat einzuwenden. Undine war dem alten Manne sehr lieb gewesen, und er meinte, man wisse ja noch kaum, ob die liebe Verschwundene recht eigentlich tot sei. Liege aber ihr Leichnam wirklich starr und kalt auf dem Grunde der Donau oder treibe mit den Fluten ins Weltmeer hinaus, so habe Bertalda an ihrem Tode mit Schuld, und nicht gezieme es ihr, an den Platz der armen Verdrängten zu treten. Aber auch den Ritter hatte der Fischer sehr lieb; die Bitten der Tochter, die um vieles sanfter und ergebener geworden war, wie auch ihre Tränen um Undinen kamen hinzu, und er musste wohl endlich seine Einwilligung gegeben haben, denn er blieb ohne Widerrede auf der Burg, und ein Eilbote ward abgesandt, den Pater Heilmann, der in früheren, glücklichen Tagen Undinen und Huldbranden eingesegnet hatte, zur zweiten Trauung des Ritters nach dem Schlosse zu holen.

Der fromme Mann aber hatte kaum den Brief des Herrn von Ringstetten durchgelesen, so machte er sich in noch viel größerer Eile nach dem Schlosse auf den Weg, als der Bote von dort zu ihm gekommen war. Wenn ihm auf dem schnellen Gange der Atem fehlte oder die alten Glieder schmerzten vor Müdigkeit, pflegte er zu sich selber zu sagen: „Vielleicht ist noch Unrecht zu hindern; sinke nicht eher als am Ziele, du verdorrter Leib!" Und mit erneuter Kraft riss er sich alsdann auf und wallte ohne Rast und Ruh, bis er eines Abends spät in den belaubten Hof der Burg Ringstetten eintrat.

Die Brautleute saßen Arm in Arm unter den Bäumen, der alte Fischer nachdenklich neben ihnen. Kaum nun dass sie den Pater Heilmann erkannten, so sprangen sie auf und drängten sich bewillkommnend um ihn. Aber er, ohne viele Worte zu machen, wollte den Bräutigam mit sich in die Burg ziehen. Als indessen dieser staunte und zögerte, den ernsten Winken zu gehorchen, sagte der fromme Geistliche: „Was halte ich mich denn lange dabei auf, Euch im Geheimen sprechen zu wollen, Herr von Ringstetten? Was ich zu sagen habe, geht Bertalda und den Fischer ebenso gut mit an, und was einer doch irgendeinmal hören muss, mag er lieber gleich und sobald hören, als es nur möglich ist. Seid Ihr denn gar so gewiss, Ritter Huldbrand, dass Eure erste Gattin wirklich gestorben ist? Mir kommt es kaum so vor. Ich will zwar weiter nichts darüber sprechen, welch eine wundersame Bewandtnis es mit ihr gehabt haben mag, weiß auch davon nichts Gewisses. Aber ein frommes, vielgetreues Weib war sie, so viel ist außer allem Zweifel. Und seit vierzehn Nächten hat sie in Träumen an meinem Bette gestanden, ängstlich die zarten Händlein ringend und in einem fort seufzend: Ach, hindr' ihn, lieber Vater! Ich lebe noch! Ach rett ihm den Leib! Ach rett ihm die Seele! – Ich verstand nicht, was das Nachtgesicht haben wollte; da kam Euer Bote, und nun eilt' ich hierher, nicht um zu trauen, wohl aber um zu trennen, was nicht zusammengehören darf. Lass von ihr, Huldbrand! Lass von ihm, Bertalda! Er gehört noch einer andern, und siehst du nicht den Gram um die verschwundene Gattin auf seinen bleichen Wangen? So sieht kein Bräutigam aus, und der Geist sagt es mir, ob du ihn auch nicht lässest, doch nimmer wirst du seiner froh."

Die drei empfanden im innersten Herzen, dass der Pater Heilmann die Wahrheit sprach, aber sie wollten es nun einmal nicht glauben. Selbst der alte Fischer war so betört, dass er meinte, anders könne es gar nicht kommen, als sie es in diesen Tagen ja schon oft miteinander besprochen hätten. Daher stritten sie denn alle mit einer wilden, trüben Hast gegen des Geistlichen Warnungen, bis dieser sich denn endlich kopfschüttelnd und traurig aus der Burg entfernte, ohne die dargebotene Herberge auch nur für diese Nacht annehmen zu wollen oder irgendeine der herbeigeholten Labungen zu genießen. Huldbrand aber überredete sich, der Geistliche sei ein Grillenfänger, und sandte mit Tagesanbruch nach einem Pater aus dem nächsten Kloster, der auch ohne Weigerung verhieß, die Einsegnung in wenigen Tagen zu vollziehen.

SIEBZEHNTES KAPITEL

Des Ritters Traum

Es war zwischen Morgendämmerung und Nacht, da lag der Ritter halb wachend, halb schlafend auf seinem Lager. Wenn er vollends einschlummern wollte, war es, als stünde ihm ein Schrecken entgegen und scheuchte ihn zurück, weil es Gespenster gebe im Schlaf. Dachte er aber sich allen Ernstes zu ermuntern, so wehte es um ihn her wie mit Schwanenfittichen und mit schmeichelndem Wogenklang, davon er alle Mal wieder in den zweifelhaften Zustand, angenehm betört, zurücktaumelte. Endlich aber mochte er doch wohl ganz eingeschlafen sein, denn es kam ihm vor, als ergreife ihn das Schwanengesäusel auf ordentlichen Fittichen und trage ihn weit fort über Land und See und singe immer aufs anmutigste dazu. Schwanenklang, Schwanensang, musste er immerfort zu sich selbst sagen, das bedeutet ja wohl den Tod. Aber es hatte vermutlich noch eine andre Bedeutung. Ihm ward nämlich auf einmal, als schwebe er über dem Mittelländischen Meere. Ein Schwan sang ihm gar tönend in die Ohren, dies sei das Mittelländische Meer. Und während er in die Fluten hinuntersah, wurden sie zu lauterm Kristall, dass er hineinschauen konnte bis auf den Grund. Er freute sich sehr darüber, denn er konnte Undinen sehen, wie sie unter den hellen Kristallgewölben saß. Freilich weinte sie sehr und sah viel betrübter aus als in den glücklichen Zeiten, die sie auf Burg Ringstetten miteinander verlebt hatten, vorzüglich zu Anfang und auch nachher, kurz ehe sie die unselige Donaufahrt begannen. Der Ritter musste an alles das sehr ausführlich und innig denken, aber es schien nicht, als werde Undine seiner gewahr. Indessen war Kühleborn zu ihr getreten und wollte sie über ihr Weinen ausschelten. Da nahm sie sich zusammen und sah ihn vornehm und gebietend an, dass er fast davor erschrak. „Wenn ich hier auch unter den Wassern wohne", sagte sie, „so hab ich doch meine Seele mit heruntergebracht. Und darum darf ich wohl weinen, wenn du auch gar nicht erraten kannst, was solche Tränen sind. Auch die sind selig, wie alles selig ist dem, in welchem eine treue Seele lebt." Er schüttelte ungläubig mit dem Kopfe und sagte nach einigem Besinnen: „Und doch, Nichte, seid Ihr unseren Elementargesetzen unterworfen, und doch müsst Ihr ihn richtend ums Leben bringen, sofern er sich wieder verehelicht und Euch untreu wird."

„Er ist noch bis in diese Stunde ein Witwer", sagte Undine, „und hat mich aus traurigem Herzen lieb." „Zugleich ist er aber auch ein

Bräutigam", lachte Kühleborn höhnisch, „und lasst nur erst ein paar Tage hingehen, dann ist die priesterliche Einsegnung erfolgt, und dann müsst Ihr doch zu des Zweiweibrigen Tod hinauf." „Ich kann ja nicht", lächelte Undine zurück. „Ich habe ja den Brunnen versiegelt, für mich und meinesgleichen fest." „Aber wenn er von seiner Burg geht", sagte Kühleborn, „oder wenn er einmal den Brunnen wieder öffnen lässt! Denn er denkt gewiss blutwenig an alle diese Dinge." „Eben deshalb", sprach Undine und lächelte noch immer unter ihren Tränen, „eben deshalb schwebt er jetzt im Geiste über das Mittelmeer und träumt zur Warnung dies unser Gespräch. Ich hab es wohlbedächtig so eingerichtet."

Da sah Kühleborn ingrimmig zu dem Ritter hinauf, drohte, stampfte mit den Füßen und schoss gleich darauf pfeilschnell unter den Wellen fort. Es war, als schwelle er vor Bosheit zu einem Walfisch auf. Die Schwäne begannen wieder zu tönen, zu fächeln, zu fliegen; dem Ritter war es, als schwebe er über Alpen und Ströme hin, schwebe endlich zur Burg Ringstetten herein und er erwache auf seinem Lager.

Wirklich erwachte er auf seinem Lager, und eben trat sein Knappe herein und berichtete ihm, der Pater Heilmann weile noch immer hier in der Gegend; er habe ihn gestern zu Nacht im Forste getroffen unter einer Hütte, die er sich von Baumästen zusammengebogen habe und mit Moos und Reisig belegt. Auf die Frage, was er denn hier mache, denn einsegnen wolle er ja doch nicht, sei die Antwort gewesen; „Es gibt noch andere Einsegnungen als die am Traualtar, und bin ich nicht zur Hochzeit gekommen, so kann es ja doch zu einer anderen Feier gewesen sein. Man muss alles abwarten. Zudem ist ja Trauen und Trauern gar nicht so weit auseinander, und wer sich nicht mutwillig verblendet, der sieht es wohl ein." Der Ritter machte sich allerhand wunderliche Gedanken über diese Worte und über seinen Traum. Aber es hält sehr schwer, ein Ding zu hintertreiben, das sich der Mensch einmal als gewiss in den Kopf gesetzt hat, und so blieb auch alles beim Alten.

ACHTZEHNTES KAPITEL

Wie der Ritter Huldbrand Hochzeit hielt

Wenn ich euch erzählen sollte, wie es bei der Hochzeitsfeier auf Burg Ringstetten zuging, so würde euch zumute werden, als sähet ihr eine Menge von blanken und erfreulichen Dingen aufgehäuft, aber drüber hin einen schwarzen Trauerflor gebreitet, aus dessen verdunkelnder Hülle hervor die ganze Herrlichkeit minder einer Lust gliche als einem Spott über die Nichtigkeit aller irdischen Freuden. Es war nicht etwa, dass irgendein gespenstisches Unwesen die festliche Geselligkeit gestört hätte, denn wir wissen ja, dass die Burg vor den Spukereien der dräuenden Wassergeister eine gefeite Stätte war. Aber es war dem Ritter und dem Fischer und allen Gästen zumut, als fehle noch die Hauptperson bei dem Feste und als müsse diese Hauptperson die allgeliebte, freundliche Undine sein. Sooft eine Tür aufging, starrten aller Augen unwillkürlich dahin, und wenn es dann weiter nichts war als der Hausmeister mit neuen Schüsseln oder der Schenk mit einem Trunk noch edleren Weines, blickte man wieder trüb vor sich hin, und die Funken, die etwa hin und her von Scherz und Freude aufgeblitzt waren, erloschen in dem Tau wehmütigen Erinnerns. Die Braut war von allen die Leichtsinnigste und daher auch die Vergnügteste; aber selbst ihr kam es bisweilen wunderlich vor, dass sie in dem grünen Kranze und den goldgestickten Kleidern an der Oberstelle der Tafel sitze, während Undine als Leichnam starr und kalt auf dem Grunde der Donau liege oder mit den Fluten forttreibe ins Weltmeer hinaus. Denn seit ihr Vater ähnliche Worte gesprochen hatte, klangen sie ihr immer wieder in den Ohren und wollten vorzüglich heute weder wanken noch weichen.

Die Gesellschaft verlor sich bei kaum eingebrochener Nacht, nicht aufgelöst durch des Bräutigams hoffende Ungeduld, wie sonst Hochzeitsversammlungen, sondern nur ganz trübe und schwer auseinandergerückt durch freudlose Schwermut und Unheil kündende Ahnungen. Bertalda ging mit ihren Frauen, der Ritter mit seinen Dienern, sich auszukleiden; von dem scherzendfröhlichen Geleit der Jungfrauen und Junggesellen bei Braut und Bräutigam war an diesem trüben Feste die Rede nicht.

Bertalda wollte sich aufheitern; sie ließ einen prächtigen Schmuck, den Huldbrand ihr geschenkt hatte, samt reichen Gewanden und Schleiern vor sich ausbreiten, ihren morgigen Anzug aufs Schönste und Heiterste daraus zu wählen. Ihre Dienerinnen freuten sich des Anlasses, Vieles und Fröhliches der jungen Herrin vorzusprechen, wobei sie nicht ermangelten, die Schönheit der Neuvermählten mit den lebhaftesten Worten zu preisen. Man vertiefte sich mehr und mehr in diese Betrachtungen, bis endlich Bertalda, in einen Spiegel blickend, seufzte: „Ach, aber seht ihr wohl die werdenden Sommersprossen hier seitwärts am Halse?“ Sie sahen hin und fanden es freilich, wie es die schöne Herrin gesagt, aber ein liebliches Mal nannten sie’s, einen kleinen Flecken, der die Weiße der zarten Haut noch erhöhe. Bertalda schüttelte den Kopf und meinte, ein Makel bleibe es doch immer. „Und ich könnt es los sein", seufzte sie endlich. „Aber der Schlossbrunnen ist zu, aus dem ich sonst immer das köstliche, blutreinigende Wasser schöpfen ließ. Wenn ich doch heut nur eine Flasche davon hätte!" „Ist es nur das?", lachte die behände Dienerin und schlüpfte aus dem Gemach. „Sie wird doch nicht so toll sein", fragte Bertalda wohlgefällig erstaunt, „noch heut Abend den Brunnenstein abwälzen zu lassen?"

Da hörte man bereits, dass Männer über den Hof gingen, und konnte aus dem Fenster sehen, wie die gefällige Dienerin sie gerade auf den Brunnen losführte, und sie Hebebäume und anderes Werkzeug auf den Schultern trugen. „Es ist freilich mein Wille", lächelte Bertalda, „wenn es nur nicht so lange währt." Und froh im Gefühl, dass ein Wink von ihr jetzt vermöge, was ihr vormals scherzhaft verweigert worden war, schaute sie auf die Arbeit in den mondhellen Burghof hinab.

Die Männer hoben mit Anstrengung an dem großen Stein; bisweilen seufzte wohl einer dabei, sich erinnernd, dass man hier der geliebten vorigen Herrin Werk zerstöre. Aber die Arbeit ging übrigens viel leichter, als man gemeint hatte. Es war, als hülfe eine Kraft aus dem Brunnen heraus den Stein emporbringen. „Es ist ja", sagten die Arbeiter erstaunt zueinander, „als wäre das Wasser drinnen zum Springbrunnen geworden." Und mehr und mehr hob sich der Stein, und fast ohne Beistand der Werkleute rollte er langsam mit dumpfem Schallen auf das Pflaster hin. Aber aus des Brunnens Öffnung stieg es gleich einer weißen Wassersäule feierlich herauf; sie dachten erst, es würde mit dem Springbrunnen ernst, bis sie gewahrten, dass die aufsteigende Gestalt ein bleiches, weiß verschleiertes Weibsbild war. Das weinte bitterlich, das hob die Hände ängstlich ringend über das Haupt und schritt mit langsam ernstem Gange nach dem Schlossgebäude. Auseinander stob das Burggesinde vom Brunnen fort; bleich stand, entsetzensstarr, mit ihren Dienerinnen die Braut im Fenster. Als die Gestalt nun dicht unter deren Kammer hinschritt, schaute sie winselnd nach ihr empor, und Bertalda meinte unter dem Schleier Undinens bleiche Gesichtszüge zu erkennen. Vorüber aber zog die Jammernde schwer, gezwungen, zögernd, wie zum Hochgericht. Bertalda schrie, man solle den Ritter rufen; es wagte sich keine der Zofen von der Stelle, und auch die Braut selber verstummte wieder, wie vor ihrem eigenen Laut erbebend.

Während jene noch immer bang am Fenster standen, wie

Bildsäulen regungslos, war die seltsame Wanderin in die Burg gelangt, die wohl bekannten Treppen hinauf, die wohl bekannten Hallen durch, immer in ihren Tränen still. Ach, wie so anders war sie einstens hier umhergewandelt!

Der Ritter aber hatte seine Diener entlassen. Halb ausgekleidet, in betrübten Sinnen stand er vor einem großen Spiegel, die Kerze brannte dunkel neben ihm. Da klopfte es an die Tür mit leisem, leisem Finger. Undine hatte sonst wohl so geklopft, wenn sie ihn freundlich necken wollte. „Es ist alles nur Phantasterei!“, sagte er zu sich selbst. „Ich muss ins Hochzeitsbett.“

„Das musst du, aber in ein kaltes!“, hörte er eine weinende Stimme draußen vor dem Gemache sagen, und dann sah er im Spiegel, wie die Tür aufging, langsam, langsam, und wie die weiße Wandlerin hereintrat und sittig das Schloss wieder hinter sich zudrückte. „Sie haben den Brunnen aufgemacht“, sagte sie leise, „und nun bin ich hier, und nun musst du sterben.“ Er fühlte in seinem stockenden Herzen, dass es auch gar nicht anders sein könne, deckte aber die Hände über die Augen und sagte: „Mache mich nicht in meiner Todesstunde durch Schrecken toll. Wenn du ein entsetzliches Antlitz hinter dem Schleier trägst, so lüfte ihn nicht und richte mich, ohne dass ich dich schaue.“

„Ach“, entgegnete die Wanderin, „willst du mich denn nicht noch ein einziges Mal sehen? Ich bin schön wie damals, als du auf der Seespitze um mich warbst.“ „O wenn das wäre“, seufzte Huldbrand, „und wenn ich sterben dürfte an einem Kusse von dir!“

„Recht gern, mein Liebling“, sagte sie. Und ihren Schleier schlug sie zurück, und himmlisch schön lächelte ihr holdes Antlitz daraus hervor. Bebend vor Liebe und Todesnähe neigte sich der Ritter ihr entgegen, sie küsste ihn mit einem himmlischen Kusse, aber sie ließ ihn nicht mehr los, sie drückte ihn inniger an sich und weinte, als wollte sie ihre Seele fortweinen. Die Tränen drangen in des Ritters Augen und wogten in lieblichem Wehe durch seine Brust, bis ihm endlich der Atem verging und er aus den schönen Armen als ein Leichnam sanft auf die Kissen des Ruhebettes zurücksank.

„Ich habe ihn totgeweint“, sagte sie zu einigen Dienern, die ihr im Vorzimmer begegneten, und schritt durch die Mitte der Erschreckten langsam nach dem Brunnen hinaus.

NEUNZEHNTES KAPITEL

Wie der Ritter Huldbrand begraben ward

Der Pater Heilmann war auf das Schloss gekommen, sobald des Herrn von Ringstetten Tod in der Gegend kundgeworden war, und just zur selben Stunde erschien er, wo der Mönch, welcher die unglücklichen Vermählten getraut hatte, von Schreck und Grausen überwältigt, aus den Toren floh. „Es ist schon recht", entgegnete Heilmann, als man ihm dies sagte, „und nun geht mein Amt an, und ich brauche keinen Gefährten."

Darauf begann er die Braut, welche zur Witwe geworden war, zu trösten, so wenig Frucht es auch in ihrem weltlich-lebhaften Gemüte trug. Der alte Fischer hingegen fand sich, obzwar von Herzen betrübt, weit besser in das Geschick, welches Tochter und Schwiegersohn betroffen hatte, und während Bertalda nicht ablassen konnte, Undinen Mörderin zu schelten und Zauberin, sagte der alte Mann gelassen: „Es konnte nun einmal nicht anders sein. Ich sehe nichts darin als die Gerichte Gottes, und es ist wohl niemandem Huldbrands Tod mehr zu Herzen gegangen als der, die ihn verhängen musste, der armen, verlassenen Undine!"

Dabei half er die Begräbnisfeier anordnen, wie es dem Range des Toten geziemte. Dieser sollte in einem Kirchdorfe begraben werden, auf dessen Gottesacker alle Gräber seiner Ahnherrn standen, und welches sie, wie er selbst, mit reichlichen Freiheiten und Gaben geehrt hatten. Schild und Helm lagen bereits auf dem Sarge, um mit in die Gruft versenkt zu werden, denn Herr Huldbrand von Ringstetten war als der Letzte seines Stammes verstorben; die Trauerleute begannen ihren schmerzvollen Zug, Klagelieder in das heiter-stille Himmelblau hinaufsingend, Heilmann schritt mit einem hohen Kruzifix voran, und die trostlose Bertalda folgte, auf ihren alten Vater gestützt.

Da nahm man plötzlich inmitten der schwarzen Klagefrauen in der Wittib Gefolge eine schneeweiße Gestalt wahr, tief verschleiert, und die ihre Hände inbrünstig jammernd emporwand. Die, neben welchen sie ging, kam ein heimliches Grauen an, sie wichen zurück oder seitwärts, durch ihre Bewegung die anderen, neben die nun die weiße Fremde zu gehen kam, noch sorglicher erschreckend, sodass schier darob eine Unordnung unter dem Trauergefolge zu entstehen begann. Es waren einige Kriegsleute so dreist, die Gestalt anzureden und aus dem Zuge fortweisen zu wollen, aber denen war sie wie unter den Händen fort und ward dennoch gleich wieder mit langsam-feierlichem Schritte unter dem Leichengefolge mitziehend gesehen. Zuletzt kam sie während des beständigen Ausweichens der Dienerinnen bis dicht hinter Bertalda. Nun hielt sie sich höchst langsam in ihrem Gange, sodass die Wittib ihrer nicht gewahr ward und sie sehr demütig und sittig hinter dieser ungestört fortwandelte.

Das währte, bis man auf den Kirchhof kam und der Leichenzug einen Kreis um die offene Grabstätte schloss. Da sah Bertalda die ungebetene Begleiterin, und halb in Zorn, halb in Schreck auffahrend, gebot sie ihr, von der Ruhestätte des Ritters zu weichen. Die Verschleierte aber schüttelte sanft verneinend ihr Haupt und hob die Hände wie zu einer demütigen Bitte gegen Bertalda auf, davon diese sich sehr bewegt fand und mit Tränen daran denken musste, wie ihr Undine auf der Donau das Korallenhalsband so freundlich hatte schenken wollen. Zudem winkte Pater Heilmann und gebot Stille, da man über dem Leichnam, dessen Hügel sich eben zu häufen begann, in stiller Andacht beten wollte. Bertalda schwieg und kniete, und alles kniete, und die Totengräber auch, als sie fertig geschaufelt hatten. Da man sich aber wieder erhob, war die weiße Fremde verschwunden: an der Stelle, wo sie gekniet hatte, quoll ein silberhelles Brünnlein aus dem Rasen; das rieselte und rieselte fort, bis es den Grabhügel des Ritters fast ganz umzogen hatte; dann rann es weiter und ergoss sich in einen stillen Weiher, der zur Seite des Gottesackers lag. Noch in späten Zeiten sollen die Bewohner des Dorfes die Quelle gezeigt und fest die Meinung gehegt haben, dies sei die arme verstoßene Undine, die auf diese Art noch immer mit freundlichen Armen ihren Liebling umfasse.

NACHWORT

Friedrich de la Motte Fouqué und seine „Undine“

Das Werk dieses Dichters der Frühromantik ist recht umfangreich. Gedichte, Balladen, Romane, Erzählungen und Novellen – die nordische, deutsche und französische Recken zu Helden haben – brachten ihm einst viel Ruhm ein, sodass er einer der Lieblingsschriftsteller seiner Zeit wurde. Begeistert urteilte E. T. A. Hoffmann über ihn: „Er herrscht als unumschränkter Herr im Reiche des Wunderbaren, dessen seltsame Gestalten und Erscheinungen willig seinem mächtigen Zauberrufe folgen.“ Aber es war ein Ruhm, der nicht lange anhielt, und die anfängliche große Begeisterung für ihn wandelte sich bald in das Gegenteil, was Fouqué sehr bitter empfand. Vergebens versuchte er, durch häufigen Wechsel in der Form die etwas gleich bleibende Einförmigkeit seiner Stoffe zu umgehen und sich die alte Beliebtheit zurückzuerobern. Aber als Eichendorff ihn einmal geringschätzig den „Don Quichote der Romantik“ nannte, indem er in seiner „Geschichte der poetischen Literatur Deutschlands“ urteilte: „Bei Fouqué überwältigte die reiche, auf einen Punkt gespannte Phantasie, verbunden mit einer ehrlich ritterlichen Intention, alle anderen Geisteskräfte und machte ihn so zum Don Quichote der Romantik . . . Kein Wunder, wenn die Welt über sein absonderliches Heldentum allmählich ein Lächeln überkam und endlich in ein rohes Lachen über alle Romantik ausbrach, für dessen Hauptrepräsentanten er bei der Menge gegolten“ – da war der Stab über ihn gebrochen. Er aber lebte ganz in seiner Welt des Märchen- und Zauberhaften, er fühlte sich als Ritter und Sänger einer längst vergangenen Zeit, er verknüpfte allzu gern alles Märchenhafte mit historischen Begebenheiten: „Seine seichten und sentimentalen Geschichten wirken umso lächerlicher, weil sie mit dem Kostüm einer fabelhaften Heldenzeit ausstaffiert sind“ (Ricarda Huch).

Trotz allem: er hatte mit den anderen Romantikern den Reiz der vergangenen geschichtlichen Welt entdeckt, er konnte eine Zeit lang größere Kreise des deutschen Volkes für die alten deutschen Sagen und Märchen begeistern und sie auf die Vergangenheit lenken. Aber geblieben ist von seiner umfangreichen Forschertätigkeit und dichterischen Arbeit eigentlich nur seine Märchen-Novelle „Undine“ – und das ist nicht zu bedauern, denn er trägt mit einen Teil der Schuld daran, dass die Romantik hier und da zu einer billigen Schwärmerei für eine Scheinwelt wurde, die das Dunkel und die zauberische Geisterwelt, die sie heraufbeschworen hatte, nicht mehr zu meistern vermochte, während ursprünglich ganz andere Wertmaßstäbe gegolten hatten.

Fouqué entstammt einer französischen Emigrantenfamilie. Er führte sein Geschlecht bis in die Zeit der Normannen zurück; manche seiner Vorfahren treten als Helden in seinen Werken auf. Sein Urgroßvater war als Hugenotte aus Frankreich über Holland in Preußen eingewandert. Friedrich wurde am 12. 2. 1777 in Brandenburg geboren – als Enkel eines Mannes, der friedrizianischer General geworden und ein Freund Friedrichs d. Gr. war. Seine Mutter war die Tochter des Hofmarschalls von

Schlegel in Dessau. Friedrich d. Gr. wurde sein Pate, und nach ihm erhielt er seinen Vornamen. Umgeben von traditionsreichen Erinnerungen an vergangene Zeiten wuchs er auf.

Schon früh zeigte er eine starke Neigung für Poesie und Literatur. Von 1781 an wohnte die Familie auf dem Schlosse Sacrow bei Potsdam. Hier kam er oft mit Offizieren aus der nahen Garnison in Berührung, auch den alten Preußenkönig sah er oft zu Pferde. So wurde ihm das Militärleben recht vertraut, und als ihn einer seiner Privatlehrer in die Sagenwelt der Antike und der deutschen Vergangenheit einführte, verwoben sich in seiner Phantasie Wirklichkeit und Gehörtes zu einem glänzenden Bild von Waffenruhm und Ritterherrlichkeit. So fühlte er sich früh zum Soldatenberuf hingezogen, weshalb er den wissenschaftlichen Studien auf der Universität kein Interesse abgewinnen konnte. Schon früh – im Jahre 1794 – trat er in das preußische Heer ein und wurde Kornett im Kürassier-Regiment des Herzogs von Weimar. In den napoleonischen Kriegen zog er mit seiner Truppe in die Pfalz. Er war mit ganzer Seele dabei und betrachtete sein Soldatendasein als ein romantisches Abenteuer. Noch ehe sein Regiment zum kriegsmäßigen Einsatz kam, wurde es in den Rückzug der Preußen hineingerissen. Es folgte eine Zeit der Untätigkeit in vielen Quartieren. Fouqué las mit Begeisterung Ritterromane und sah sich im Theater Ritterstücke an, die in jener Zeit den Spielplan beherrschten.

Nach Beendigung des Feldzuges rückte er wieder in seine Garnison Aschersleben ein. Er heiratete Caroline von Briest, die seine Schwärmerei für das Mittelalter und frühere Zeiten teilte und ebenfalls romantische Ritter- und Liebesromane schrieb. Mit ihr führte er auf dem Schlosse Nennhausen bei Rathenow in der Mark ein der Wirklichkeit ziemlich entrücktes Leben, ganz seinen Passionen hingegeben, lesend und schreibend. In jener Zeit schloss er auch Freundschaft mit Adalbert von Chamisso, der ihn einerseits bewunderte, andererseits eine „merkwürdige Erscheinung“ nannte.

In seine eigene Welt eingesponnen, ließ er die schwerste Schicksalsstunde Preußens tatenlos an sich vorübergehen. Erst die Befreiungskriege riefen ihn wieder zu den Waffen. Als Freiwilliger im Lützowschen Freikorps führte er zunächst die Freiwilligen des Havellandes nach Breslau und nahm später an vielen Schlachten jener Kriege teil, so bei Groß-Görschen, Bautzen, Dresden, Kulm und Leipzig. Aus gesundheitlichen Gründen nahm er dann seinen endgültigen Abschied. Auf dem Gute seiner Frau entfaltete er nun eine überraschend vielseitige literarische Tätigkeit. In unermüdlicher Folge entstand Werk um Werk, als er das starke Echo spürte, das seine romantischen Erzählungen auslösten.

Als 1831 seine Frau starb, siedelte er nach Halle über und las an der dortigen Universität über Geschichte und Literatur. Dabei war sein besonderes Anliegen, dem Volke die ganze deutsche Vorzeit in ihrer geschichtlichen Entwicklung nahezubringen. Das aber scheiterte an seinem mangelnden Fachwissen als Historiker und an der Einseitigkeit seines Weltbildes, das den realen Abläufen der Geschichte nicht gerecht zu werden vermochte. „Völlig versagte ihm die Kraft, wo es galt, ein Stück

Wirklichkeit mit handelnden Menschen zu schaffen" (Ricarda Huch). So geriet er trotz ehrlichen Mühens in den Ruf eines romantisierenden Schwätzers. Da man solche Kritik auch an seine Werke legte, büßte er bald an Ansehen und dichterischer Bedeutung ein. Auch Heinrich Heine, der ihn bisher stets bewunderte, kam jetzt zu dem Urteil:

„Wenigen Schriftstellern ward so allgemeine Huldigung zuteil, wie einst unserem vortrefflichen Fouqué. Jetzt hat er seine Leser nur noch unter dem Publikum der Leihbibliotheken. Aber dieses Publikum ist immer groß genug, und Herr Fouqué kann sich rühmen, dass er der einzige von der romantischen Schule ist, an dessen Schriften auch die niederen Klassen Geschmack gefunden . . . Dieser beständige Singsang von Harnischen, Turnierrossen, Burgfrauen, ehrsamen Zunftmeistern, Zwergen, Knappen, Schlosskapellen, Minne und Glaube, und wie der mittelalterliche Trödel sonst heißt, wurde uns endlich lästig; und als der ingeniöse Hidalgo Friedrich de la Motte Fouqué sich immer tiefer in seine Ritterbücher versenkte und im Traume der Vergangenheit das Verständnis der Gegenwart einbüßte, da mussten sogar seine besten Freunde sich kopfschüttelnd von ihm abwenden . . . Wie die Werke von Walter Scott mahnen auch die Fouquéschen Ritterromane an die gewirkten Tapeten, die wir Gobelins nennen, und durch reiche Gestaltung und Farbenpracht mehr unser Auge als unsere Seele ergötzen."

Vergebens wehrte sich der alternde Dichter gegen die ihm von allen Seiten entgegentretende Kritik. Da er auch bald in wirtschaftliche Not geriet, folgte er 1842 einem Rufe Friedrich Wilhelms IV. nach Berlin, wo er aber bereits am 23. 1. 1843 starb.

Die Mehrzahl von Fouqués Gedichten, Romanen und Erzählungen sind heute nicht mehr gefragt. „Sein Werk ist für das große Publikum verweht", stellt Paul Fechter fest, und das Gleiche gilt auch für seine schwülstigen Dramen wie „Alwin" (1808) oder „Sigurd der Drachentöter" (1810). Sein Ritterroman „Der Zauberring" (1813), eine Erzählung aus der Zeit der Kreuzzüge, wie auch seine Nibelungentrilogie nach der Edda „Der Mann des Nordens" (1810) wie auch viele andere werden heute kaum mehr gelesen. Erwähnenswerter sind seine Novellen „Erdmann und Fiametta", „Das Galgenmännlein" und „Undine", die in erzählerischer Form eine Deutung der drei Elemente Erde, Luft und Wasser darstellen. Die unzweifelhaft schönste dieser Erzählungen ist das anmutige Märchen „Undine".

Im Frühlings-Heft der von Fouqué herausgegebenen Zeitschrift „Die Jahreszeiten" – einer „Vierteljahrsschrift für romantische Dichtungen" – erschien 1811 diese Märchennovelle im Verlag F. Dümmler, Berlin, und im gleichen Jahr auch das Buch bei Jul. Ed. Hitzig, Berlin. Sie fand begeisterte Aufnahme und weite Verbreitung, auch im Ausland. Bald nach ihrem Erscheinen wurde sie dramatisiert und durch Seyfried in Musik gesetzt, worauf sie 1817 in Wien uraufgeführt wurde. Ein Jahr vorher brachte E. T. A. Hoffmann seine Oper „Undine" heraus, zu der ihm Fouqué selbst den Text geschrieben hatte. Sie wurde 1816 im Schauspielhaus Berlin mit Dekorationen von Schinkel aufgeführt. Nach ihm hat Albert Lortzing nach eigenem Text seine romantische Zauberoper unter dem gleichen Titel geschrieben, die 1845 uraufgeführt wurde.

Als Hauptquelle für diese Märchen-Novelle nannte Fouqué ein Werk des Philosophen und Arztes Paracelsus (1494–1541). Er war durch die Beschäftigung mit dem schlesischen Mystiker Jakob Böhme auf Paracelsus gestoßen, der als Erster den Volksglauben von den Geisterwesen, die den Elementen innewohnen, in ein gewisses System gebracht hatte. Zwar klagte Fouqué, dass es ihm nicht leicht geworden sei, aus dem rätselhaften Naturphilosophen klug zu werden, aber er fand bei ihm in der Verbindung von Mystik und Naturwissenschaft den rechten Boden für seine romantische Ideenwelt.

Aus solchem Geiste heraus schuf er seine „Undine", jene Geschichte von der Menschwerdung der Tochter eines Wasserfürsten, die aber an der Unzulänglichkeit und Untreue der Menschen ihr ersehntes Ziel, die vollkommene Beseelung, nicht erreichen kann und wieder in ihr ursprüngliches Element zurückmuss. Fouqué versteht es recht eindrucksvoll, den Wandel im Charakter der launischen und koboldartigen Undine zu schildern, von der Pater Heilmann sagt: „Soviel ich ergründen kann, ist nichts Übles an ihr, wohl aber des Wundersamen viel."

Die ganze Dämonie des Wassers aber wird durch ihren Oheim Kühleborn verkörpert, der – ein ewiger Mahner und Warner – die geringe Verlässlichkeit und wandelbare Gesinnung der Menschen kennt, der sie hasst, weil sie sich als Herren der Natur aufspielen wollen, der ihnen wiederholt ihre Ohnmacht deutlich macht. Er sieht die kommende schwere Enttäuschung seiner Nichte voraus, denn er ist überzeugt, dass Mensch und Elementargeist nicht zusammenfinden können. Er selbst hat keine Seele und darum keinen Glauben an die Welt der Menschen, kein Gefühl für menschliche Regungen. „Sein armes Leben" – so urteilt Undine über ihn – „hat keine Ahnung davon, wie Liebesleiden und Liebesfreuden einander so anmutig gleich sehen und so innig verschwistert sind, dass keine Gewalt sie zu trennen vermag."

Diesen beiden Wesen aus dem Naturreich stehen zwei Menschen gegenüber, deren Leben und Schicksal eng mit dem ihren verbunden ist. Dem Ritter Huldbrand dankt Undine ihre Seele, er aber verwirkt auch ihr Leben in der Gemeinschaft der Menschen und verfällt dadurch der Rache der Elementargeister. Die schöne und stolze Bertalda ist der tiefste Grund für Undinens vergebliches Mühen um eine volle Menschwerdung, weil sie durch Trotz und Eigensinn Huldbrands und ihr Verderben heraufbeschwört.

Mit dieser Erzählung ist dem Dichter ohne Zweifel eines der schönsten Kunstmärchen gelungen, da die Handlung aus dem Zauberhaften selbst ohne Bindung an einen geschichtlichen Stoff und Hintergrund herauswächst. Ihr zugrunde liegt die Idee der romantischen Philosophie, dass Natur und Geist ursprünglich eine Einheit bildeten und die Natur nach Beseelung durch den Liebesbund mit einem Menschen verlangt. So kommt es in dieser Erzählung zu dem schicksalhaften Verwobensein der Menschen und jenen sagenhaften Wesen, die in den Elementen, in den Naturerscheinungen verkörpert sind. Es sind Wesen ohne Seele, die darum spurlos vergehen. Aber sie streben nach Vervollkommnung, nach dem Besitz der menschlichen Seele, die sie nur durch die liebevolle Vereinigung mit einem Menschen erreichen können: „Eine Seele kann unseresgleichen nur durch den innigsten Verein der Liebe mit einem eures Geschlechts gewinnen", sagt Undine.

Diese Erzählung spiegelt die Dämonie des Wassers wider. Undine ist ein Wesen der dichterischen Phantasie, eine Wassernixe, weder Geist noch Mensch. Trotz der Warnungen ihres Oheims trachtet sie nach einer Seele, die sie erhält, als sie liebt und sich wieder geliebt weiß. Aber mit der Liebesfreude muss sie auch das Leid der Liebe in Kauf nehmen, um schließlich durch die Schuld und das Versagen der Menschen wieder in ihr Element zurückzukehren. Dem treulosen, durch die Liebe zu Bertalda verirrten Gatten muss sie durch einen Kuss das Leben nehmen, wie es das Gesetz ihres Geschlechts erfordert. Sie will zwar nicht, aber Kühleborn drängt die Zaudernde.

Traum, Sage und Märchen sind hier zu einer wirklichen Dichtung geworden. Wenn auch Sprache und Stil unserem heutigen Empfinden nicht mehr so recht entsprechen, so muss doch anerkannt werden, dass oft wirkliche Dichterkraft in dem Werk enthalten ist und es wegen seiner liebenswürdigen Art – „Anmutig, einem das Sonnenlicht brechenden Tautropfen vergleichbar" (Ricarda Huch) – noch immer sein Publikum verdient. Es ist so „reiner Ausgleich zwischen Tiefsinn und Märchenbuntheit, Literatur und Volksgut, dass aus einem ursprünglichen Kunstmärchen der Romantik langsam ein wirkliches Märchen wurde" (Fechter). Auch von Goethe und Heine wurde diese romantische Erzählung sehr geschätzt. „Wollen Sie von Fouqué eine gute Meinung bekommen, so lesen Sie seine Undine, die wirklich allerliebst ist", äußerte Goethe zu Eckermann. Heine nannte diese Märchen-Novelle „ein wunderliebliches Gedicht" und sprach ihr „echten Lorbeer" zu. Der schottische Dichter Walter Scott schrieb darüber: „Fouqués Undine ist hinreißend. Das Leiden der Heldin ist ein wahrhaftes, sei es auch nur eben das Leiden eines phantastischen Wesens."

Alfred Carl Groeger

ZUR TEXTGESTALTUNG

Dem Text ist die Erstausgabe dieser Erzählung durch Fouqué selbst zugrunde gelegt worden, die in der Zeitschrift „Die Jahreszeiten – eine Vierteljahresschrift für romantische Dichtungen", herausgegeben von Friedrich Baron de la Motte Fouqué u. a. m. Frühlings-Heft, Berlin, bei Ferdinand Dümmler 1811 erschien. Mit Bedacht ist darauf geachtet worden, keinerlei willkürliche Stiländerungen vorzunehmen, um die Atmosphäre dieses Märchens nicht zu zerstören und um so originalgetreu wie möglich zu bleiben. Lediglich einige ganz veraltete Einzelausdrücke – die das Verständnis nur unnötig erschweren würden – sind durch gängige ersetzt worden. Die Schreibweise wurde den neuen amtlichen Regeln behutsam angepasst.

ANMERKUNGEN

Die Ziffern vor den Anmerkungen bezeichnen die Seiten.

8 *Wams.* Kurze Jacke. Im 13./14. Jahrhundert war es die unter dem Panzerhemd getragene gesteppte Jacke, im 15./17. Jahrhundert der sichtbare Oberrock. Vorläufer der Weste.
Barett. Schirmlose Mütze für Männer und Frauen, die im 15. Jahrhundert aufkam. Sie war oft bunt geschlitzt und mit Federn und Edelsteinen reich geschmückt.

13 *... dem neuen Ankömmling zu Frommen.* dem Mädchen zuliebe ...

19 *Turnieren und Ringelrennen.* Ritterkampfspiele, Ritterspiele.
Altan. Auch Söller genannt; ein offener, manchmal überdachter Austritt im Obergeschoss oder auf der Terrasse eines Hauses, meist – im Gegensatz zum Balkon – von Pfeilern oder Mauern gestützt.
Um einen Handschuh bitten. Im Mittelalter eine begehrte Gunstbezeugung der Ritter von einer Dame.

36 *Element* (lat.). „Urstoff". In der Antike wie im Mittelalter glaubte man an die Vierzahl der Elemente: Feuer, Wasser, Luft und Erde. Noch Paracelsus unterschied demnach vier Klassen von Elementargeistern: Nymphen und Undinen im Wasser, Sylphen in der Luft, Pygmäen und Gnomen in der Erde, Salamander und Vulkane im Feuer. Die moderne Naturwissenschaft sieht eine Vielzahl von chemischen Elementen als Urbestandteile der erfassbaren Materie an.

37 *Der griechische Bildner Pygmalion.* Gemeint ist ein sagenhafter König von Kypros, der sich in eine von ihm als Bildhauer geschaffene Statue einer Jungfrau verliebte, die die Göttin Aphrodite auf seine Bitte belebte und die er zu seiner Gemahlin machte.

38 *Ordenshabit.* Wie vorher: Ordenstracht, Kutte, Mönchsgewand.

39 *Eremit* (griech.). „Einsiedler".

53 *Gebeut es nicht.* Alte Form für: gebiete, fordere es nicht!

58 *Kärrner.* Veralterter Ausdruck für Fuhrmann.

60 *Zelter.* Pferd, im Mittelalter ein Reitpferd für Damen und Geistliche.

73 *Wittib.* Alte Form für Witwe.